FILLES DU VENT

10, place des Cinq-Martyrs-du-Lycée-Buffon
75015 Paris – France
www.editionscharleston.fr

ISBN : 978-2-36812-645-5
Maquette : Patrick Leleux PAO

Charleston s'engage pour une fabrication éco-responsable !
Amoureux des livres, nous sommes soucieux de l'impact de notre passion et choisissons nos imprimeurs avec la plus grande attention pour que nos ouvrages soient imprimés sur du papier issu de forêts gérées durablement.

Pour suivre notre actualité, rejoignez-nous sur Facebook (Editions.Charleston), sur Twitter (@LillyCharleston) et sur Instagram (@LillyCharleston).

Mathilde Faure

FILLES DU VENT

Roman

CHARLESTON

Aux rencontres déterminantes
qui changent le cours d'une vie,

À toutes ces femmes inspirantes, dont l'engagement
se répand comme une traînée de poudre,
À la liberté,

À mes grands-mères,
À Charlène.

Première partie

Lina – Novembre 2019

Je déteste les vendredis soir au foyer. C'est toujours la même rengaine : l'une de nous choisit un film et on s'embrouille sur les pizzas à commander. Le ton monte, les insultes fusent puis, comme par magie, la pression redescend. Faut admettre que les éducateurs ont le don de faire diversion lorsqu'ils sentent le climat se crisper. Mais parfois, rien n'y fait et la tempête de la violence se déchaîne.

Ce soir, c'est une réflexion de Brice qui a déclenché la fureur de Sonia. Il a intégré l'équipe des éducateurs quelques semaines après mon arrivée, en septembre. Le cliché de l'éduc : cigarette et café à longueur de journée, cheveux ébouriffés, sac Quechua sur le dos et trousseau de clefs accroché à un mousqueton. Il est arrivé sûr de lui, parce que monsieur avait travaillé avec de jeunes garçons délinquants. La première semaine, quand il a commencé à monter sur ses grands chevaux, avec ses phrases du genre « C'est pas une bande de petites morveuses qui va faire la loi, j'en ai vu d'autres ! », on s'est dit qu'on allait lui montrer à quel genre *d'autres* il avait affaire.

Les *autres*, c'est nous, huit adolescentes placées dans un foyer à Argenteuil. Une jolie petite maison à proximité de la gare, avec un joli portail, de jolies fleurs et une jolie boîte aux lettres. Quand des passants me voient rentrer, je m'amuse de ce qu'ils doivent s'imaginer. Est-ce que les gens aux vies normales font ça eux aussi, imaginer ce qui se passe de l'autre côté du portail ? L'indice révélateur, c'est les deux gros véhicules stationnés juste devant. Je fais partie de cette minorité d'élèves déposées au collège par leurs éducs dans un Renault Trafic. J'ai longtemps eu honte des regards curieux, des réflexions du style « Mais t'as une grande famille ? », « C'est ton père le mec qui conduit ? Il a l'air jeune ». Maintenant, je réplique systématiquement par un « ta gueule », et l'interrogatoire s'interrompt.

De l'extérieur, ce pavillon blanc laisse imaginer une vie de famille paisible. Que dalle ! Il suffit de s'attarder un peu devant le foyer, entre 18 et 19 heures, pour voir des verres traverser le salon et entendre des hurlements transpercer le double vitrage. Ces murs renferment les parcours cabossés d'adolescentes aux vies décimées. Et merde, putain, je suis l'une d'elles !

Céline

Malik vient de me proposer de manger un tacos avant d'aller à la chicha de Clicli, mais j'ai envie de récupérer les talons que j'ai prêtés à l'autre bouffonne de Sonia. Elle m'a fait pitié quand je l'ai vue s'embrouiller avec Brice, la semaine dernière :

« Mais je veux juste trente balles pour m'acheter des talons !

— Tu attendras les bons de vêture de la fin du mois, tu connais le fonctionnement du foyer, Sonia.

— Putain de radins, bande de crevards ! »

Combien de fois j'ai eu ce genre d'embrouilles avec mes éducs ! Mais, depuis que j'ai commencé à bosser avec Malik, ma vie a changé. Plus besoin de quémander mon argent de poche, fini le shopping chez Kiabi. Je suis en place. Ça me rend généreuse, j'ai accepté de lui prêter mes chaussures une semaine, sauf que les récupérer signifie revenir au foyer. Une semaine que j'esquive les appels en boucle des éducs, J'entends déjà leurs sermons à deux balles, ceux qui passent par une oreille avant de ressortir par l'autre.

Et bingo, à peine le seuil de la porte franchi, Sabrina me tombe dessus :

« Oh une revenante ! Cinq jours de fugue, pas mal Céline, pas mal.

— T'inquiète, je passe vite fait et je me casse.

— Parce que tu penses que le foyer est un hôtel ? C'est quoi la prochaine étape, le room service ?

— Je récupère mes talons et je me casse, je t'ai dit.

— Moi je te dis que nous avons rendez-vous la semaine prochaine à l'ASE avec Mme Tesson, pour parler de ton comportement.

— Bah c'est bien, je vous enverrai un petit snap pour vous saluer. »

Mme Tesson, c'est mon éducatrice référente à l'Aide Sociale à l'Enfance. Ça fait un bail qu'elle me suit, je l'aime bien, en fait.

Les filles sont toutes dans le salon, en train de s'arracher le menu de *Chez Giulio*. Pathétique, une semaine que je n'ai pas mis les pieds au foyer, et c'est toujours le même scénario.

« Wesh Céline, bien ? » lance Sonia.

Elles crient, s'excitent et l'ambiance générale me monte déjà à la gorge comme une nausée de lendemain de cuite. Mais je fais semblant, j'ai un rôle à jouer. Je décide de faire monter la mayonnaise.

« Brice, c'est comment les auréoles sous tes bras ? C'est ma présence qui te donne chaud comme ça ?

— Poo po poooo », s'écrient les filles en sautant sur les canapés.

Je connais les éducateurs depuis que je sais marcher, je flaire leurs failles et leur façon d'agir à des kilomètres. Je ne comprends peut-être pas grand-chose quand je tombe sur les infos à la télé, j'ai arrêté l'école il y a deux ans, mais pour faire chier les éducs, on pourrait me décerner le brevet mention très bien.

Dans le fond, je sais que ces filles me voient comme une salope, elles m'admirent autant qu'elles me jugent. Elles jalousent mon sweat Adidas, mon maquillage Sephora et mon téléphone dernier cri, tout en s'indignant de la façon dont je gagne des thunes. J'étais comme ça avant, puis j'ai compris que ces regards malveillants étaient le prix de la liberté. C'est la loi des foyers, j'en ai fait un paquet et je sais comment ça se passe. Pas d'amitié qui tienne.

Mon petit plan fonctionne, Brice est nerveux, mal à l'aise et dans quelques minutes, il va perdre le contrôle. Les filles se chargeront du reste. Tic-tac tic-tac ... BOUM !

« Téma les filles, Brice est rouge comme un puceau ! s'exclame Sonia.

— Si vous ne vous calmez pas rapidement, c'est simple, il n'y a pas de pizzas ce soir.

— Fais ça et tu vas voir, on met le feu au foyer.

— Continue de faire la maligne Sonia, mais quand tu seras devant le juge et ton père la semaine prochaine, on verra qui de nous deux sera rouge. »

Un court silence s'installe, celui qui annonce un raz de marée. Sonia reste stoïque, prête à rugir.

« Mais c'est un malade lui, et toi tu dis rien ? » la chauffe Lina.

Sonia saisit la carafe à sa droite, et se met à tout casser dans le salon comme une furie.

« Espèce de connard de merde d'enculé malade niqué je vais te défoncer tous vous défoncer ! »

Brice tente de la maintenir au sol mais elle se débat avec une hargne dont seuls les gosses placés peuvent faire preuve. Je la regarde gesticuler, une flaque de bave mouille le carrelage au rythme de ses postillons de haine. C'est le moment pour moi de m'échapper.

Ce genre d'incident nous plonge toutes dans un état d'anxiété profonde : il y a celles chez qui ces images font écho à une vie familiale passée, celles qui sentent également gronder en elles le tonnerre de la violence et celles, tétanisées, qui perdent pied. Pendant plusieurs années, moi aussi j'ai usé toute mon énergie dans ces affrontements avec les éducs, les profs, les adultes, tous ceux qui à un moment me voulaient du bien. Leur bienveillance m'était insupportable, et finalement mon esprit s'est habitué à cette brutalité. Je contemple ce spectacle comme extérieure à la scène, avec la certitude d'être délivrée.

Sabrina accourt de la cuisine pour tenter de gérer le reste des filles. Deux solutions s'offrent maintenant aux éducateurs : appeler les pompiers pour que Sonia passe la nuit aux urgences, ou séparer tant bien que mal le groupe. Mon apparition est passée au second plan, pas besoin de trouver une excuse pour ressortir du foyer, je récupère tranquillement mes chaussures et referme le portail derrière moi. Les cris de Sonia résonnent jusqu'au bout de la rue.

« Allô Malik, mon train sera là dans cinq minutes, j'arrive. »

Assa

Pour la Malienne que je suis, la vision d'un ananas déposé sur une pizza est surréaliste. Je n'ai jamais compris pourquoi les restaurants la nomment « pizza Hawaï » ? Est-ce qu'une bouchée de cette association étrange peut m'expédier sur une île déserte où le sable blanc glisserait entre mes orteils ? Chaque vendredi, lorsque je mange une part de pizza hawaïenne, j'imagine qu'elle me transporte dans un endroit silencieux et apaisé. Une île où le bruit des vagues recouvrirait les insultes, les cris et les pleurs. Lorsque j'ai vu Céline débarquer avec son arrogance habituelle, j'ai vite compris que la soirée tournerait au chaos. Les hurlements de Sonia résonnent si fort dans le foyer que je n'arrive pas à me concentrer sur le dernier livre que j'ai emprunté à la bibliothèque, *Tropique de la violence.* Pourtant, la lecture est depuis toujours mon refuge, les mots me bercent et m'accompagnent dans chaque étape de ma vie. Quand la réalité devient si douloureuse, existe-t-il un sentiment plus apaisant que celui de plonger dans l'imaginaire d'un roman ? Se glisser dans la peau d'une héroïne, rêver d'un ailleurs où le choix de la pizza n'est qu'un moment anodin. Mais ce soir, la rage de Sonia écorche les virgules de mon livre. Lina tambourine à ma porte :

« Assa, tu viens avec nous ? On bouge avec Brice.

— Où ça ?

— On va chercher les pizzas en voiture. Sonia pète un câble, Sabrina reste avec elle.

— J'arrive. »

Je commanderai une pizza Hawaï, dans l'espoir qu'un miracle se produise…

Lina

Encore mieux que le Prozac, la conduite de nuit dans les rues d'Argenteuil ! Les éducs savent bien que c'est miraculeux à quel point ça nous apaise. Même moi, j'ai déjà lâché des dossiers lors de trajets en voiture. Le face-à-face avec un adulte m'est inconfortable, mais dans un véhicule, je regarde droit devant moi et mes idées s'éclaircissent. Le paysage qui défile rend le silence de l'après-révélation moins pesant.

Les cartons de pizzas me brûlent les cuisses. Brice allume la radio et aucun suspense, quelle station est enregistrée automatiquement ? France Inter ! C'est le rendez-vous des éducs. À force, je me surprends à connaître la programmation, la honte. En général, on a un deal avec Brice, on choisit la radio à l'aller et lui au retour. Il est 19 h 20, l'émission *Le Téléphone sonne* débute : « Samedi à Paris, mais pas seulement, une manifestation va crier son indignation, sa tristesse, sa colère devant le nombre ahurissant de féminicides et de violences sexuelles et sexistes. Il y aura du monde, le ton monte, ce n'est pas de l'impatience, c'est de l'exaspération. Alors on s'est posé la question, nous, dans notre petite équipe du *Téléphone sonne*, comment on revient une fois de plus sur ces sujets, et on s'est arrêté sur cette tribune dans *Libération* mercredi dernier signée par des hommes… Puisque c'est bien le comportement de certains hommes qui est dénoncé, puisqu'il faut que ça s'arrête, on s'est dit qu'on leur tendrait le miroir… Messieurs, comment comprenez-vous ce qui bouge en ce moment, est-ce que vous interrogez votre masculinité ? Votre comportement ? Votre place dans ce qui secoue la société aujourd'hui et dans le féminisme ? Est-ce que vous agissez au quotidien pour mettre fin aux agressions sexuelles et sexistes ? Est-ce que vous l'avez déjà fait dans la rue, interpeller le gars dont les mains sont baladeuses ? Les hommes font forcément partie de la solution, eh bien venez nous dire comment vous voulez aider à renverser la table. Bienvenue à tous, et à toutes aussi. »

Je fais toujours comme si je n'en avais rien à foutre, mais j'écoute, même si parfois mes oreilles butent sur certains mots. Faut pas croire, c'est pas parce que je suis en Segpa* que je ne pige rien. La présentatrice vient d'utiliser un mot qui m'interpelle : « masculinité », je me demande bien à quoi ça fait référence. Les invités poursuivent en appelant la manifestation de demain la marche *Nous toutes.* Je crois que c'est un collectif de femmes en colère. *Nous toutes,* c'est marrant comme blase. Ces femmes parlent de violence, de sexisme et sur le sujet, j'en connais un rayon. L'année dernière, la prof de français nous avait fait un speech sur le mouvement *Me too.* Pour faire comme le reste de la classe, j'avais fait semblant de dormir sur la table et de regarder mes snaps ; en réalité, j'écoutais avec attention. J'avais hésité à aller la voir à la fin du cours pour lui demander des précisions, mais se montrer intéressée par un prof, c'est comme leur céder le pouvoir. Hors de question.

Ils viennent de rappeler que le point de départ de la marche est fixé samedi 23 novembre, à 14 heures place de la Nation. Un court instant, j'imagine ma mère forte et courageuse, me proposant de m'accompagner là-bas. Tout ce qu'elle n'est pas. Cette victime ne sait que chialer, et si aujourd'hui son mari, mon géniteur, est en taule, c'est uniquement grâce à moi. *À cause de moi,* corrigerait-elle.

* Sections d'enseignement général et professionnel adapté.

Le journaliste a dit que deux jours après la marche, le Premier ministre présenterait « les conclusions très attendues du Grenelle contre les violences conjugales ».

« Le Grenelle, c'est pas le centre commercial de riches à côté de la tour Eiffel ? »

Brice et Assa éclatent de rire. Les autres filles ne captent rien.

« Vas-y, pourquoi vous vous foutez de ma gueule comme ça ?

— C'est Beaugrenelle, le centre commercial, Lina, pas Grenelle ! »

Brice commence à m'expliquer mais trop tard, je ne supporte pas qu'on me ridiculise. À quoi ressemble une manifestation, on est obligés d'avoir une pancarte ? Et puis à quoi ça sert, d'abord ? Dans mon ancien foyer, l'année dernière, les garçons avaient volé les gilets jaunes dans le Trafic puis ils étaient allés au Champ-de-Mars. Ils avaient mis du temps à me répondre quand je leur avais demandé pourquoi ils manifestaient : « Macron c'est un connard, il s'en fout des pauvres ! » Un éducateur les avait récupérés au commissariat après qu'ils s'étaient fait gazer par la police. Moi aussi, une colère brûle dans le fond de mon ventre. Je voudrais trouver un moyen de l'exprimer mais à part écouter du rap, je ne vois pas trop…

Assa

Le calme après la tempête. Sonia s'est endormie d'épuisement et le quotidien reprend son cours. Sabrina a l'air éprouvée, je me demande souvent quelles raisons ont amené les éducateurs à choisir un tel métier. Être confronté chaque jour au désarroi d'ados, sans la moindre reconnaissance. Leur profession est tout aussi invisible que nous aux yeux de la société. Les autres filles ne les ménagent pas : insultes, violences... De rares fois, les éducateurs et les jeunes partagent des instants de joie : tout le monde rigole ensemble et les maux de chacune semblent s'évaporer dans une partie de Uno ou une soirée crêpes. J'ai conscience d'être différente. Je suis la seule scolarisée au lycée et la plus âgée du groupe. Je n'ai pas les mêmes centres d'intérêt, je ne fume pas, je ne fugue pas et je ne rentre absolument jamais chez mes parents. Dans le jargon, je suis devenue « une gosse de l'ASE ». En d'autres termes, l'ordonnance de placement établie par la juge des enfants indique que « les droits des parents sont réservés » : pas de visite médiatisée, ni de week-end à domicile. Pour la deuxième année consécutive, ma mère ne s'est même pas rendue au tribunal. Le foyer est devenu mon véritable chez-moi. J'apprécie les éducateurs et les accrochages que j'ai pu avoir avec eux se comptent sur les doigts d'une main. Évidemment, cela se ressent dans mon entente avec le reste du groupe, les filles m'ont collé cette étiquette de « lèche-cul ». Mais j'assume. Contrairement à elles, je n'ai connu que « L'escale » comme foyer, je n'ai pas été abîmée par des changements incessants de lieux. Je crois avoir traversé assez d'années de calvaire dans ma famille pour saisir combien mon placement, ordonné il y a maintenant trois ans, a sauvé le reste de mon existence. Une distance s'est naturellement créée entre les filles et moi, sans animosité pour autant. Mais ce soir, je sens que les scènes de violences me sont de plus en plus insupportables.

Nous nous installons à table, Lina se cache derrière ses longs cheveux noirs bouclés, à moitié avachie sur sa chaise. Elle attend clairement une réflexion de la part de Brice ou Sabrina, mais aucun des deux ne relève. Soudain, Lina se redresse et prend la parole :

« C'est quoi le programme demain ?

— C'est moi qui fais le week-end, pas de programme de prévu pour le moment, répond Brice.

— J'ai une proposition.

— Je t'écoute.

— Bah… On pourrait aller le faire le truc des femmes vénères là.

— Les femmes vénères ? interroge Brice

— Oui, la marche… *Nous toutes*, je crois que ça s'appelle. »

Cette proposition laisse un grand blanc à table. Évidemment j'ai entendu parler de cette manifestation. Je n'aurais jamais imaginé que Lina puisse s'intéresser à ce type d'événements. Depuis son arrivée au foyer, elle enchaîne les fugues, les incidents au collège, et mis à part son rap, elle m'a toujours semblé vide.

« T'es chelou toi avec tes idées de féministe. Tu proposes d'aller marcher dans Paris en novembre, rétorque Cassandre. Viens on programme un bowling, wesh.

— C'est bien Lina que tu t'intéresses à ces questions-là, mais je ne crois pas que nous ayons notre place dans ce type de manifestations, intervient Sabrina.

— Vous y avez cru en plus bande de naïfs, qu'est-ce que j'irais foutre là-bas ! Évidemment je déconne. Je m'en bas les couilles de cette vieille marche, je suis chaude pour un bowling ! » conclut Lina.

Je l'observe : sa dernière réponse sonne faux. J'ai vu ses yeux s'illuminer lorsqu'elle a proposé de participer à cette marche et, pour la première fois, je décèle chez elle un soupçon d'intérêt pour quelque chose. Discrètement, pendant qu'elle fait la vaisselle, je m'approche d'elle.

« Lina, un Grenelle c'est comme un grand débat organisé par l'État, et plein de personnes donnent leurs avis sur un problème. En général, un Grenelle donne lieu ensuite à des propositions de solutions. »

Céline

Quelle conne, j'ai oublié de faire recharger mon pass Navigo par les éducs ! Hors de question que je dépense mon argent là-dedans. Pas le choix, je vais devoir retourner au foyer la semaine prochaine mais, pour le moment, j'enjambe la barrière du métro de la ligne 13. Faudra que je pense à aller au tabac. Désormais, fini la galère d'aller à Saint-Denis chercher des clopes qui viennent de je ne sais quel bled. J'ai assez de thune pour m'acheter des Marlboro à 10 euros. Je choisis un vendeur, je baisse un peu mon tee-shirt, et trop occupé à regarder mes seins, il ne questionne jamais mon âge. Les vendredis sont les meilleures soirées, celles qui rapportent le plus. Je rejoins Malik à la chicha de Clicli, on s'enfume un peu la gueule avant de passer aux choses sérieuses.

« Ce que t'es bonne avec tes chaussures rouges », commente-t-il.

J'ai eu raison de les récupérer.

Alors que je bois mon troisième shot de vodka, j'ai une pensée pour ces bouffonnes, je me demande bien si les pompiers sont venus chercher Sonia. Stop, pas de pensées pour le foyer, j'ai du bif à faire. D'autres filles sont présentes autour de la table, je crois que certaines viennent de Créteil, et il y en a même une qui a fugué de son foyer à Grenoble. On ne se pose aucune question, mais je pourrais reconnaître parmi cent filles celles qui viennent de l'ASE. Nous parlons la même langue, nous portons les mêmes habits, nous fréquentons les mêmes lieux. Soyons réalistes, il faut être sacrément paumé pour se retrouver dans ce genre d'endroits à quinze-seize ans !

« Je te jure c'est vrai, je suis allée lever la fugue avec mon éduc, et à peine sortie du commico, je suis partie en courant, elle avait le mort, laisse tomber », raconte l'une des filles.

Les gens s'imaginent toute une montagne d'un ado en fugue, alors que c'est d'une banalité à mourir. Avant que je ne commence à fuguer, quand j'étais encore en famille d'accueil, je me souviens, on regardait un film et un flash était apparu sous l'écran : « Alerte enlèvement : disparition ? » J'étais encore assez naïve pour imaginer que toutes les fugues étaient diffusées à la télé. Puis j'ai compris qu'une déclaration de fugue se résume à un bout de papier qui permet aux foyers de clamer leur innocence s'il nous arrive une galère. C'est la même logique à la police, je crois bien que ça les agace de devoir comptabiliser toutes nos fugues. Ils commencent toujours par la même question : « Le mineur est-il coutumier des faits ? » La réponse est oui, évidemment. J'arrive même à esquiver les gardes à vue lorsque je me fais contrôler et qu'une déclaration de fugue à mon nom circule encore. Je dégaine mon plus grand sourire en disant que mon éducatrice est en vacances et que nous n'avons pas pu lever la fugue, et une fois sur trois ça fonctionne. J'ai rapidement saisi que notre sort n'intéressait pas grand monde et surtout, que je n'avais pas besoin d'eux pour m'en sortir. À bien y réfléchir, j'ai eu le déclic le jour de mes treize ans, lorsque mon éducatrice de l'ASE m'a balancé : « Au vu de ton comportement inquiétant, nous pensons que ta famille d'accueil n'est plus en mesure de te poser le cadre nécessaire pour ta sécurité et ton développement. »

De jolis mots pour déguiser une cruelle vérité : je me faisais éjecter de ma famille d'accueil. Trois mois après, je quittais celle que je surnommais Tata, chez qui je vivais depuis dix ans, pour atterrir dans une usine à ados déglingués.

Aujourd'hui, j'existe. Malik m'offre tout un tas de cadeaux, et je dors de temps en temps avec ses copains, dans un hôtel genre Formule 1. Parfois, ils se contentent de prendre des photos de mon corps. Ils me disent que j'ai un cul magnifique et de belles lèvres. Mais en général, ils me demandent d'approcher et de laisser leurs mains se balader sur ma peau. Ils se servent ensuite dans le tiroir de la table de nuit. Malik me dit que c'est important de me protéger, car il tient à moi. Il m'explique qu'un corps comme le mien ne peut pas laisser indifférent un homme et que j'ai raison de m'en servir. Ce soir, nous avons rendez-vous avec un ami à lui.

« Bébé, je viens d'envoyer un snap à mon pote, il te trouve trop belle. On va passer rapidement chez lui puis on dort ensemble après, d'accord ?

— Vite fait alors ?

— Bien sûr, mais t'as envie, hein ? Tu sais bien que les hommes ne peuvent pas te résister.

— D'accord.

— Tu bosses un peu et on ira faire les magasins ensemble demain. »

Lina

Les mots de Sabrina résonnent dans ma tête. « Je ne crois pas que nous ayons notre place dans ce type de manifestations. » Nous sommes dix filles dans un foyer non mixte, je répète, nous sommes dix filles dans un foyer non mixte ! Quasiment tous les foyers du département sont des structures mixtes, notre présence à « L'escale » n'est pas anodine. Pourquoi avoir choisi de nous orienter dans un lieu sans garçon ? Pourquoi choisir de nous exclure de la mixité ? Incontestablement, chacune d'entre nous a un problème avec les hommes, de près ou de loin. Et une marche justement réservée aux femmes ne serait pas pour nous ? *Nous toutes* putain ! Une fois de plus, je ne suis pas à ma place. Ces mots me poignardent là, exactement au même endroit que le jour où ma maîtresse de CM2 avait expliqué à ma mère « qu'une orientation en Segpa serait plus adaptée au profil de Lina, elle n'a pas sa place en sixième dans un collège normal ». Où est ma place bordel ? De quelle normalité me parle-t-on ? Est-ce normal de ramasser ma mère au sol, fracassée sous les coups de mon géniteur ?

Le mot « place » provoque toujours la même chose : un coup de poing, sous la poitrine, dont la douleur résonne jusqu'en haut de ma gorge. Quelle ironie, un enfant placé jamais à sa place. Les adultes n'ont que cette phrase à la bouche, quand le juge m'a expliqué que « je n'étais pas à ma place d'enfant auprès de ma mère » avant d'ordonner mon placement il y a deux ans, quand la directrice de mon ancien foyer m'a virée en expliquant à l'éducatrice de l'ASE « qu'une telle violence n'avait pas sa place dans un foyer classique ». Lorsque je me suis sentie en paix pour la première fois, dans un service d'accueil d'urgence, l'éducateur m'a conseillé de ne pas trop m'habituer à ce lieu car « ma place n'était que temporaire ici ». Les mots se battent au fond de ma gorge comme un oiseau en cage, et pourtant, impossible d'exprimer ce que je ressens.

Demain, une manifestation pour les violences faites aux femmes a lieu à quinze kilomètres d'Argenteuil, et moi, victime de la violence d'un homme, je n'y ai pas ma place ?

Où est ma place, où est-elle ?

Céline

Malik m'avait parlé d'un ami, ils étaient trois. Malik m'avait dit qu'on ne resterait pas longtemps, il est 6 heures du matin. Malik m'avait dit qu'on dormirait ensemble, je suis seule dans la chambre. Malik m'avait dit que j'étais belle, je me sens laide.

Lina

Je ne sais pas par quel miracle j'ai réussi à choper le train de 13 h 04. J'ai fait croire à Brice que j'allais faire un tour dans le quartier mais ce relou me guettait par la fenêtre de la chambre. Obligée de passer par toutes les petites rues pour rejoindre la gare. J'ai vérifié trois fois sur l'appli, je dois m'arrêter à Saint-Lazare puis prendre la ligne 9. D'habitude le matin, je ne mets pas plus de trois minutes pour choisir ma tenue. Il faut avouer que le choix est vite fait, entre un jogging noir, un jogging gris ou un jogging beige. Aujourd'hui c'est différent, je participe à ma première manifestation. J'ai regardé sur Internet à quoi ressemblent des manifestants, je crois que je peux miser sur un jean, des baskets, une doudoune noire et une banane. Je ne sais pas trop si je suis obligée d'avoir une pancarte ou du maquillage sur le visage. De toute façon, je n'ai pas d'idée de slogan et je ne vais pas me taper l'affiche dans le train.

À Argenteuil, les rues m'appartiennent, je parle fort et je marche la tête haute. À peine arrivée à la gare Saint-Lazare, j'ai le sentiment d'avoir franchi une frontière. Les Parisiens font des pas de géants dans les couloirs du métro, aucun d'eux ne regarde les plans, alors que moi je ne comprends rien à tous ces numéros dans tous les sens. Les seules personnes qui s'arrêtent comme moi devant les panneaux sont des touristes, ils commencent à me parler en anglais et j'ai le pouls qui s'accélère. Qu'est-ce que je fous là ? Le seul Paris que je connais, c'est Châtelet-les-Halles, le point de rendez-vous des jeunes cassos dans mon genre. Mis à part traîner au pied de la grande fontaine et baver devant les vitrines de Footlocker, on ne connaît rien de Paris. Cette ville m'est hostile, trop grande, trop belle, trop différente de moi. Dans le métro, je croise des filles de mon âge, l'une d'elle lit un livre d'au moins cinq cents pages, ce n'est même pas ce que j'ai réussi à lire de toute ma vie ! L'autre porte un manteau long jusqu'aux chevilles avec du rouge à lèvres rouge et de grosses lunettes. Je me sens moche, sans style et bête. J'ai capté que deux ou trois adultes me regardent, j'ai l'impression d'avoir une étiquette collée sur le front : *Je suis une jeune fille de banlieue placée en foyer.*

Un mec d'une vingtaine d'années aux allures des mannequins Asos, avec une barbe de trois jours, m'interpelle à la sortie du métro :

« Mademoiselle, je peux vous déranger deux minutes ? Vous êtes très jolie.

— Euh… non.

— Ne vous inquiétez pas. Je veux juste parler.

— Mais d'où je m'inquiète ? Je t'ai dit non c'est tout !

— Mais pourquoi m'agresser comme ça ?

— Vas-y dégage ! »

Je suis aussi rouge que Brice hier soir. J'ai l'habitude de me faire aborder par les mecs d'Argenteuil, mais ils ne sont jamais aussi… polis. Ça finit toujours par une insulte. J'ai ma technique, écouteurs dans les oreilles, j'attaque avant qu'ils ne lancent le premier mot de travers. Je ne porte jamais de pantalons moulants et je parle aussi vulgairement qu'eux. Les filles, les femmes, plus généralement le sexe féminin, nous construisons notre propre cartographie du monde qui nous entoure. Par exemple je ne monterais jamais dans le dernier wagon du RER après 21 heures, je ne marcherais pas non plus dans le quartier de la dalle d'Argenteuil. Pour de nombreuses filles de mon âge, les avances de ces mecs flattent leur égo. Moi non, je ne supporte pas qu'un regard salasse se pose sur mon corps. Un mec de ma classe m'a dit un jour : « Tu fais trop le bonhomme pour faire bander un mec mais au moins tu ne te feras jamais agresser dans la rue. » Deux choix s'offrent à moi : être un « bonhomme » pour ne pas craindre de marcher seule la nuit ou mettre du vernis et devenir une potentielle proie. J'ai craché à ses pieds comme une meuf.

Quand j'arrive au point de rendez-vous, des centaines de femmes forment une marée humaine. Je me sens toute petite et insignifiante mais un étrange sentiment de sécurité m'habite. Je me suis foirée sur la couleur de ma doudoune, elles portent toutes des trucs violets. Leur visage est recouvert de symboles, de mots écrits au marqueur noir, et de grandes banderoles dansent entre leurs mains.

La marche débute, je me faufile entre deux lignes de manifestantes. J'observe ces femmes crier leur colère et leur révolte. Le poing levé, elles scandent en chœur tout un tas de phrases, elles y mettent une telle puissance que j'ai l'impression que tout Paris nous entend.

« Reconnaissons-nous les femmes, parlons-nous, regardons-nous. Ensemble, on nous opprime les femmes, ensemble révoltons-nous ! Le temps de la colère les femmes, notre temps est arrivé. Connaissons notre force les femmes. Debout debout debout ! »

J'aimerais, moi aussi, extraire ma rage, qu'elle fasse trembler les murs et les esprits, mais je n'y arrive pas. Je les regarde avec admiration, et j'ai l'impression qu'elles se demandent ce que je fous là. Alors que leurs mains s'agitent vers le ciel comme pour afficher aux yeux de tous leur présence, les miennes sont au fond de mes poches. Des petites filles se tiennent fièrement sur les épaules de leurs mères, des centaines de femmes sont là, et pourtant, Sabrina avait raison, je ne me sens pas à ma place. J'approuve leur lutte mais je ne me sens pas représentée. Aucune d'elles ne me ressemble, elles marchent entre copines, utilisent des références que je ne connais pas. Je devine que nous ne venons pas du même monde. Où sont toutes ces ados qui comme moi connaissent la violence des hommes depuis le berceau ? Où sont-elles ces jeunes en jogging et aux torses bombés ? J'ai pourtant l'intime conviction que nous sommes des *Nous toutes.* À croire que les plus abîmées restent les plus invisibles. Je me demande si d'autres filles des foyers ont entendu parler de cette marche, mais je ne crois pas, ce n'est pas le genre d'info qui circule sur snap.

Une jeune femme à peine plus âgée que moi m'interpelle :

« Excuse-moi, t'as l'air perdue, t'es toute seule, tu peux… »

Je n'ai même pas attendu le reste de sa phrase pour m'extraire de la foule par une rue perpendiculaire. Le petit ton mielleux avec lequel elle vient de s'adresser à moi me débecte. J'ai senti dans ses yeux un air de pitié, et je devine sa pensée profonde, *cette gamine a l'air paumée, je vais l'aider.* Je ne veux pas de ta fichue aide, je veux qu'on me regarde dignement.

Je décide de rentrer au foyer. Assise dans le train, ce trajet en direction d'Argenteuil me semble plus familier. Les immeubles parisiens aux belles façades se transforment peu à peu en de grandes tours grises. Un sourire se dessine sur mon visage, je regarde par la fenêtre et la colère qui a élu domicile dans le bas de mon ventre est en sommeil. Certes, cette marche n'était pas la mienne, mais l'engouement de ces femmes a fait naître en moi l'envie d'être entendue. Je ne sais pas encore comment, mais ma voix va bientôt résonner.

Assa

Je passe la plupart des samedis après-midi à la bibliothèque. Nous nous rejoignons avec deux ou trois copines de classe pour travailler ensemble. À l'heure du goûter, nous faisons un petit tour dans le centre commercial Côté Seine avant de rentrer à 19 heures au foyer. Je garde un certain mystère sur ma vie et les raisons de mon placement. Mes amies respectent mon jardin secret, mais parfois, le décalage entre nous me rattrape brutalement. J'imagine que tous les jeunes de foyers développent des stratégies pour dissimuler leur quotidien et faire le plus possible *comme tout le monde.* C'est important à notre âge de nous fondre dans la masse. J'envie la spontanéité de leur adolescence, ces petites choses anodines comme passer un coup de fil à la dernière minute aux parents pour demander l'autorisation d'aller le soir même au cinéma… Ma réalité est tout autre, je dois prévenir le jeudi mes éducateurs pour avoir l'autorisation de sortir un samedi soir, puis je dois prévoir cette sortie dans mon budget d'argent de poche. Sarah, ma meilleure amie, me propose une énième fois de venir dormir chez elle ce soir :

« Allez Assa, viens dormir à la maison, Maya sera là elle aussi. On a prévu de regarder les derniers épisodes de *La casa de papel.*

— C'est gentil, mais tu sais que c'est compliqué pour moi.

— Mais je comprends pas, si tu veux ma mère appelle ton foyer puis voilà, elle te raccompagne demain matin.

— C'est trop tard, je ne peux pas.

— Dommage… »

Effectivement, Sarah ne peut pas comprendre. Pour dormir en dehors du foyer, c'est toute une procédure qui s'organise au moins une semaine à l'avance. J'ai le sentiment d'être la fille chiante et rigide, qui dit non à toutes les propositions. Mais comment expliquer cela à mes copines ? Je les entends souvent s'inviter les unes chez les autres à la sortie des cours. J'y vais, de temps en temps, mais je ne peux jamais rendre une invitation et cela me gêne énormément. De l'extérieur, ce petit pavillon blanc dans un quartier résidentiel est tout ce qu'il y a de plus charmant, mais à l'intérieur, c'est un monde qui leur est totalement étranger. Être un jeune de foyer t'exclut fatalement de la normalité. Je ne parle même pas des préjugés autour des enfants placés, entre curiosité malsaine et inquiétude. Nous sommes rarement vus comme de « bonnes fréquentations ».

En route vers le foyer, l'idée de mentir m'effleure pour la première fois l'esprit. J'aimerais être comme la plupart des filles de mon âge et avoir une vie classique, oublier les règles, les éducateurs, les veilleurs de nuit.

À peine le portail franchi, j'entends Brice engueuler Lina :

« Un tour dans le quartier ? Mais tu te moques du monde, tu es partie à 13 heures, il est 19 heures !

— Mais vas-y c'est bon, pourquoi tu brailles comme ça, je suis rentrée non ?

— Et tu veux une médaille ? Dix fois que je t'appelle, tu ne sais pas répondre au téléphone ?

— J'avais plus de batterie.

— Bah voyons, pour être sur les réseaux, pas de problème de batterie.

— OK !

— T'étais où ?

— À Marseille, ça te va ? »

Je n'ai aucune envie d'entendre ça, d'autant plus que Brice continue à faire monter Lina en pression. J'ai assisté à de nombreuses scènes que l'ASE qualifierait certainement de dérapages : une fille qu'un éducateur contient au sol trop fermement, une punition abusive qui sonne comme une vengeance. Mais je peux également comprendre l'épuisement des éducateurs. Ils se prennent en pleine tête toutes nos frustrations, nos angoisses et notre rejet de l'autorité.

Je me dépêche de rejoindre ma chambre. J'ai un exposé à rendre dans quelques semaines sur le MLF. En 2020, c'est les cinquante ans de la naissance du mouvement de libération des femmes. Cette époque me passionne, et si demain on me demandait de me téléporter dans le temps, je choisirais les années 1970. Des *femmes* se sont battues pour la cause des *femmes*, des lois ont bousculé l'ordre établi pour qu'aujourd'hui l'avortement soit un droit. Comment une poignée de personnalités engagées a-t-elle réussi à rameuter des foules entières, comment ont-elles trouvé le courage d'y croire jusqu'au bout ?

J'adore écouter des archives, le son qui grésille et cette langue française si joliment maniée. Je choisis Delphine Seyrig aujourd'hui.

« Les femmes gagnent moins d'argent que les hommes, les femmes sont obligées en plus de l'argent qu'elles gagnent, quand elles en gagnent, moins que les hommes, d'assumer un travail à la maison qui est gratuit. Quand un homme se marie, il épouse une femme de ménage gratis… »

« À table ! » hurle Cassandre.

Ce soir, nous sommes seulement quatre filles au foyer, les autres sont rentrées en week-end à domicile. Lina ne va jamais non plus chez sa mère, enfin je crois. Aussi étrange que cela puisse paraître, nous partageons le même toit, mais nous sommes toutes évasives quant aux raisons de nos placements. C'est un repas plutôt calme, Brice a cuisiné avec Cassandre et Sonia des tagliatelles au saumon qui sont super bonnes. Je repense à Sonia hier soir, l'état second dans lequel elle se trouvait, la capacité que nous avons à passer à autre chose m'impressionne. Finalement, j'oublie rapidement la soirée que je rate chez Sarah. Chose assez rare, nous restons toutes autour de la table à discuter. Je décide de raconter aux filles le sujet de mon exposé.

« Est-ce que vous connaissez le MLF ?

— Le quoi ? répond Cassandre.

— Oh non, s'il te plaît, Assa, tu ne vas pas commencer à faire ton intello un samedi soir, rétorque Sonia.

— Mouvement de libération des femmes, chuchote Lina.

— Wesh comment tu sais ça, toi ? » dit Cassandre.

Lina ne cesse de me surprendre. Elle continue de manger ses pâtes comme si de rien n'était, mais je perçois une petite fierté dans son sourire en coin. Je poursuis mes explications, en commençant par le début du mouvement, la gerbe déposée pour la femme du soldat inconnu aux pieds de l'Arc de triomphe en 1970. Personne ne réagit, Brice est trop occupé à demander à Cassandre de ranger son portable, mais je devine que Lina écoute l'air de rien. Lorsque j'aborde le manifeste des 343 salopes, les regards se braquent vers moi.

« Et toi, Brice, tu dis rien ! Quand c'est Assa qui balance des gros mots à table, ça passe crème, réagit immédiatement Sonia.

— Allez changeons de sujet Assa, nous en parlerons un autre jour. Qui veut jouer à Times up ? » dit Brice.

Je cherche le regard de Lina, guettant une question de sa part mais elle est déjà en train d'arracher le jeu de cartes des mains de Cassandre. J'avais l'espoir de pouvoir, pour une fois, discuter avec les filles sur des sujets qui me passionnent. Tant pis, je retourne dans ma chambre écouter mes archives.

« Le bonheur, c'est d'abord l'indépendance, d'abord c'est la liberté et l'indépendance. Par là, j'entends que, puisque je suis une femme, mon bonheur ne dépend pas de quelqu'un d'autre, il ne dépend pas d'un homme, par exemple. À partir du moment où mon bonheur dépend d'un homme, je suis une esclave et je ne suis pas libre. »

Céline

Je suis dans les toilettes depuis dix minutes, je pisse trois gouttes et ça me brûle sa mère. Les autres filles de la chicha m'ont dit que c'était une infection urinaire et que je devais boire beaucoup d'eau, Malik m'a conseillé d'ajouter de la vodka. Pour se faire pardonner de la soirée d'hier soir, il a commandé un magnum et cette après-midi nous avons fait les magasins au Quartz. Il m'a acheté deux ensembles de sous-vêtements trop beaux. Il me dit rarement qu'il m'aime mais ses cadeaux sont sa façon de me le montrer. Malik a vingt-cinq ans, il est grand et musclé. Tout le monde le connaît, son téléphone sonne sans arrêt. Il lui arrive de s'énerver quand je ne suis pas à l'heure ou quand je réponds aux appels du foyer. J'ai entendu dire que la jalousie est une preuve d'amour. Il doit être très amoureux pour avoir serré mes poignets si fort lorsque j'ai parlé à ce garçon qu'il ne connaissait pas.

C'est peut-être l'infection urinaire, ou la vodka, mais j'ai mal au ventre. Malik a prévu que je porte mes jolis sous-vêtements pour aller dans un hôtel à Orsay.

« Malik, je me sens pas très bien, j'ai envie de dormir ce soir.

— Comment ça dormir ? Il est minuit à peine.

— J'ai mal quand je vais aux toilettes.

— Ah ça y est je comprends mieux, je t'offre des cadeaux et tout d'un coup t'as mal à la chatte. T'es comme les autres en fait, une michto.

— T'es sérieux, là ?

— T'inquiète pas, rentre dans ton vieux foyer de cassos, y a d'autres filles ce soir.

— C'est bon, ressers-moi un verre.

— Bah voilà… Je savais que je pouvais te faire confiance, bébé. »

En route vers Orsay, mon mal de ventre s'accentue. J'ai l'impression de pisser dans ma culotte et l'odeur du cuir dans la voiture me donne la gerbe. Malik me dit qu'il a une nouvelle mission pour moi.

« Tu sais, il y a pas mal de filles dans ton foyer, des filles en galère. Ce serait sympa que tu les aides, non ?

— C'est des petites bouffonnes.

— T'as pas été une petite bouffonne toi, peut-être ? Tu pourrais les aider à se faire un peu de thune. »

C'est la vodka qui me fait halluciner ou Malik est en train de me demander de proposer aux filles de travailler pour lui ?

« Et puis, tu sais, tu monteras en grade. Elles travailleront pour toi et nous aurons plus de temps à passer ensemble, tous les deux.

— Oublie. »

Ma réponse ne lui plaît pas, l'alcool rend ma vision floue mais je distingue parfaitement le regard noir qu'il me lance dans le rétro. Arrivée dans la chambre d'hôtel, je cours aux toilettes. La nuit va être dure.

Deuxième partie

Lina

CETTE SEMAINE, JE RESTE AU FOYER. J'ai été exclue du collège après avoir insulté le prof de maths. Sa réflexion me reste encore en travers de la gorge : « Ce n'est pas une attitude convenable pour une jeune fille de se tenir si mal sur sa chaise, les jambes grandes ouvertes. » Je lui ai répondu : « Et les gros bâtards comme toi qui ouvrent grand leurs jambes dans le métro, tu leur dis quoi ? »

Il faut voir le bon côté des choses, je vais pouvoir fouiller tranquillement dans les affaires d'Assa. Depuis qu'elle a parlé de ce manifeste des 343 salopes, j'ai envie d'en savoir plus. Avant la marche de samedi, je ne connaissais pas le MLF, mais sur l'un des slogans était inscrit *Du MLF à Femen à #Metoo.* J'ai hésité à lui poser quelques questions, mais je ne supporte pas son petit air supérieur d'intello. Pour être franche, je ne sais pas poser de questions, j'ai toujours l'impression d'avouer une faiblesse que les autres utiliseront ensuite contre moi. Sabrina est allée faire les courses, la stagiaire éduc est dans le bureau – elle a bien trop peur de moi pour venir s'aventurer dans les chambres. C'est le moment idéal.

La chambre d'Assa est comme tout le reste chez elle, organisée et propre. Sur le bureau, une pochette est posée sur laquelle il est écrit *Exposé MLF*. À l'intérieur, tout un tas de feuilles, de notes et de photos. Je trouve une fiche *Manifeste des 343 salopes*. Je me plonge dans la lecture. C'étaient des oufs ces femmes ! Je suis assez fière de moi, je reconnais quelques noms dans la liste : Simone Veil, Simone de Beauvoir. Je ne sais pas vraiment ce qu'elles ont fait, mais des trucs bien pour les femmes, c'est sûr. Il fallait quand même avoir une sacrée paire de couilles, non, une sacrée paire d'ovaires pour oser signer ce manifeste ! Si j'ai bien compris, le manifeste des 343 salopes a été le début du combat pour l'avortement. J'ai regardé à quoi elles ressemblaient. Faut avouer que la majorité était des femmes blanches et aucune ne me ressemble, mais il y en a une qui fait un peu rebeu : elle s'appelle Gisèle Halimi. Elle est avocate. Je me surprends à rêver de changer les choses. N'importe quoi, je suis ridicule.

Assa

Tous les lundis, à 16 heures, après ma dernière heure de français, je ne prends pas le chemin du foyer, je prends le train direction Pontoise, puis le RER A vers Cergy-Saint-Christophe. Je marche quelques minutes, et je suis devant l'école.

C'est mon seul mensonge, ma seule entorse au règlement, mon unique liberté. Sékou, mon petit frère adoré de neuf ans, m'attend sur le banc, derrière les arbres. Si je devais respecter l'ordonnance de placement, je le verrais une fois par mois lors des visites médiatisées. Ma mère est censée le déposer avec ma sœur dans les bureaux de l'ASE, nous jouons une heure en présence de mon éducateur référent, puis je retourne au foyer. Ce moment m'arrache le cœur. Plus le temps passe et plus une distance s'installe entre nous. L'éloignement de la fratrie est l'un des dégâts collatéraux auxquels je n'avais pas songé. Tout doucement, je sens ma place dans la famille se flouter, je ne fais pas partie de leurs nouveaux souvenirs... La chambre dans laquelle je jouais avec Sékou est devenue une salle impersonnelle blanche et rouge. Quelques jouets sur une table basse, un ou deux posters sur les droits de l'enfant et une odeur nauséabonde qui semble contenir tous les maux des gosses de l'ASE. J'ai toujours été très proche de mon petit frère. Coumba, ma sœur de deux ans ma cadette, m'adresse à peine la parole depuis que je suis partie de la maison. Quant à Adama, mon grand frère de vingt ans, il ne me jette même pas un regard lorsque je le croise en ville.

Ma mère dépose uniquement Coumba et Sékou quand elle y pense, c'est-à-dire une fois sur trois. Avant, je faisais des petits cœurs sur mon agenda les jours de visite médiatisée, mais la déception d'attendre dans les bureaux de l'ASE et de ne voir personne franchir le seuil de la porte me plongeait dans une profonde tristesse. C'est comme ça qu'il y a six mois, j'ai pris le risque de glisser un petit mot dans la main de Sékou :

Rendez-vous lundi à 16 h 35 sur le banc
près de l'école, derrière les arbres. N'en parle à personne
Sékou ! Personne ! Je t'aime. Assa.

Depuis, nous passons tous les lundis une petite demi-heure ensemble, à l'air libre. Nous partageons un pain au chocolat et j'écoute ses histoires. J'ai souvent le cœur lourd en repartant au foyer, mais le voir me donne également beaucoup de force. Cela fait trois ans que Sékou est ma seule famille. Ce n'est pas évident pour un petit garçon de neuf ans de garder secret un rendez-vous avec sa sœur. D'autant plus qu'il n'a jamais vraiment compris les raisons de mon départ soudain. À l'époque, il m'avait juste dit qu'à la maison, maman avait interdit à toute la famille de prononcer mon prénom.

Assise sur le banc, je vois au loin Sékou se diriger vers moi, le visage triste et les épaules lourdes. Il me salue du bout des lèvres.

« Sékou, je n'ai pas le droit à un bisou aujourd'hui ?

— Non.

— Qu'est-ce qui ne va pas, dis-moi ?

— C'est maman, elle a raconté des choses bizarres à tata.

— Quelles choses ?

— Elle a dit que Boubacar était parti de la maison à cause de toi, mais que bientôt il reviendrait, quand on aura déménagé. Puis elle a dit que t'étais une menteuse et que c'était de ta faute si des assistants sociaux venaient mettre leur nez à la maison tous les mois. »

Je me laisse tomber sur le banc, des picotements engourdissent mon corps tout entier et ma vision s'assombrit.

« Assa ? Pourquoi maman dit ça ? Pourquoi tu es partie de la maison ?

— Sékou, ne t'inquiète pas, maman est juste fâchée. Tu te souviens que je pleurais souvent dans ma chambre. Maintenant, je suis dans une nouvelle maison et je peux aller à l'école sans être triste. Je t'expliquerai mieux plus tard.

— Mais, si on déménage tu viendras ou tu vas encore nous abandonner ?

— On verra, Sékou. Raconte-moi ta journée. »

Ces quelques mots me taillent les veines. Toutes ces bribes d'informations tournent en boucle dans ma tête. Ma gorge est si serrée que je peine à trouver ma respiration. Entendre le prénom Boubacar dans la bouche de mon petit frère me glace le sang. Et cette histoire de déménagement, et Coumba. Mon Dieu, je suffoque.

Lina

Je glisse un coup d'œil rapide dans les couloirs, toutes les filles sont dans le salon devant la télé, sauf Céline bien sûr, toujours en fugue. Assa est réglée comme une horloge, le lundi elle ne rentre jamais avant 18 heures. Les éducs ont l'air occupé, c'est le moment de retourner rapidement ouvrir la pochette MLF. Je n'aime pas beaucoup lire et j'ai vu qu'Assa avait noté des références de liens à écouter. Voilà c'est ça « podcast Radio France entretien Gisèle Halimi », émission France Inter *La marche de l'histoire.* Putain, il n'y a vraiment qu'Assa pour écouter France Inter ailleurs que dans le Trafic.

« Qu'est-ce que tu fous dans ma chambre ?

— C'est bon, redescends, je suis venue voir si t'avais des copies doubles. »

Elle me pousse violemment sur le lit. Je n'ai jamais vu Assa dans une telle colère. J'ose à peine me relever de peur qu'elle me file un coup de poing.

« Tu te fous de ma gueule en plus ? Pourquoi ma pochette est ouverte ?

— J'ai regardé vite fait, j'te jure, j'ai rien volé !

— Mais tu connais pas le respect, c'est pas possible ! crie-t-elle en me traînant par terre jusqu'à ma chambre.

— Calme-toi Assa, c'est bon, désolée.

— Étouffe-toi avec tes excuses », hurle-t-elle avant de me claquer la porte au visage.

Prise de court, je n'ai aucune réaction. Son regard noir me terrifie.

« Mais qu'est-ce qui se passe ici, c'est quoi ce bordel ? » demande Sabrina.

Assa s'est enfermée dans sa chambre. Je tente d'expliquer en quelques mots la situation à Sabrina, mais la réaction d'Assa me laisse sans voix. Depuis mon arrivée au foyer, Assa ne s'est jamais énervée, pas même une petite insulte envers un éducateur. Les autres filles pètent un câble régulièrement, et leurs pleurs me laissent indifférente. Pour qu'elle réagisse comme ça, c'est que j'ai vraiment abusé... Je vais me coucher sans manger, contrariée d'être à l'origine de ce bordel.

Assa

Je craque. L'intrusion de Lina, c'est la goutte d'eau qui fait déborder le vase ! Après ce que m'a dit Sékou. Je craque. Quand je perds pied comme ce soir, je n'arrive pas à répondre aux messages de Sarah comme si de rien n'était. Je me sens prise au piège dans un tissu de mensonges. À quoi bon m'accrocher aux études ? Pour qui ? Qui est-ce qui sera fier de moi ? Je craque.

J'attrape mon *carnet du silence* caché sous mon matelas. Ma main tremblote, et même écrire son prénom tétanise mon corps. « Bou...ba...car va revenir à la... maison. C'est un... cauchemar. »

Quand j'avais frappé à la porte de l'infirmière scolaire, il y a trois ans, je ne le faisais pas pour moi. J'étais rodée, huilée, murée. Plus rien ne pouvait m'atteindre. Mais ce matin de septembre, lorsque Coumba était entrée dans la cuisine en petit short moulant et que j'avais vu son regard se poser sur elle, j'avais compris que ce serait bientôt son tour.

Sabrina entrouvre délicatement la porte de ma chambre.

« Est-ce que je peux rentrer Assa ?

— Non.

— Est-ce que tu veux un thé à la menthe, ton préféré ?

— Non.
— Est-ce que tu veux dormir ?
— Oui.
— Très bien, bonne nuit Assa. »

Lina

J'ai mal dormi cette nuit. Je déteste ce sentiment, la culpabilité. Faut dire qu'avec ma mère, j'ai baigné dedans dès mon plus jeune âge : « Une fille, c'est si fragile, j'aurais préféré un garçon pour me protéger, ton père va s'en aller si tu pleures trop fort, tais-toi ou il va nous frapper… »

J'ai beau essayer de la chasser, cette petite voix intérieure continue de me dire que je devrais aller m'excuser auprès d'Assa. Et puis merde, elle m'a quand même traînée par les cheveux jusqu'à ma chambre ! Je vais plutôt écouter l'audio sur Gisèle Halimi. Si ma prof de français me voyait télécharger l'appli Radio France, elle n'en reviendrait pas !

Sa voix est apaisante. Elle parle de sa vie, de la Tunisie et de la pauvreté. Elle s'est réfugiée dans les livres pour s'évader de la misère comme je me réfugie dans le rap. Et la violence. Frapper est ma réponse quand les mots m'échappent. Je ne suis ni Assa ni Gisèle Halimi, l'écriture me paralyse et l'idée d'être assise devant un stylo et une feuille blanche me terrifie. J'ai la sensation de me retrouver seule face à moi-même, prête à subir le jugement des autres. Un sentiment d'angoisse m'envahit, je me déteste, je déteste l'école, je déteste les adultes et une seule issue s'offre à moi : faire diversion. Être insolente est devenu un jeu, c'est un peu comme une pièce de théâtre. Le rap atténue le vide que je ressens. J'aime écouter en boucle les paroles qui traduisent avec justesse mes états d'âme. Ce matin, c'est Georgio qui me transporte.

« Partir loin, seul au milieu d'la ronde j'étouffe
Traverser les mers, avancer coûte que coûte
Coûte que coûte, dévorer la terre
J'compte bouffer l'monde avant que l'monde me bouffe
Partir loin, seul au milieu d'la ronde j'étouffe
Traverser les mers, avancer coûte que coûte
Coûte que coûte, dévorer la terre. »

Et comme par magie je me dis : « C'est ça, c'est ça que je ressens ! »

Depuis la marche de samedi, je me sens différente. J'ai un petit truc au fond de moi qui vibre, je pense que ça s'appelle l'envie. Oui, j'ai enfin envie de quelque chose.

Céline

« Bonjour mademoiselle, que puis-je faire pour vous ?

— Je m'appelle Céline Gilbert. Je suis déclarée en fugue, vérifiez dans votre ordinateur et appelez mes éducateurs, mettez-moi en garde à vue… s'il vous plaît. »

Je n'aurais jamais imaginé me rendre de moi-même dans un commissariat. Assise dans le bureau de l'officier, mes larmes coulent toutes seules. Il me tend un mouchoir, ma détresse paraît le déstabiliser.

« Que vous est-il arrivé ?

— J'ai fugué c'est tout. Vous avez appelé mes éducateurs ?

— Ils sont en route. Et c'est pendant votre fugue que cela vous est arrivé ?

— Arrivé quoi ?

— Le coquard.

— Quoi ? »

Il me tend un petit miroir. Je sors un « putain » suivi d'un cri effrayé face à mon reflet. Un gros coquard violet encadre mon œil droit. Mon dernier souvenir remonte à ce matin, à l'aube, en train de me disputer avec Malik dans la voiture. Il roulait vite, très vite, ses pneus faisaient gronder le sol. Il m'a déposée devant la gare d'Orsay avant de repartir aussitôt.

L'officier continue de me poser des questions mais je n'ai plus aucune envie de parler. Il me tend un verre d'eau. Des images me reviennent en rafale. La nuit de samedi soir a dérapé. Les amis de Malik n'étaient pas satisfaits, ils me trouvaient grosse et flasque. L'un des deux répétait : « Frère, ferme les yeux, c'est un trou. » J'ai gerbé dans les toilettes, avant de les insulter. Malik est arrivé, furieux. J'étais certaine qu'il allait me défendre, mais au lieu de ça, il a voulu me redéposer au foyer.

Je suis partie de l'hôtel en pleine nuit. J'avais envie de faire pipi toutes les cinq minutes. Les nuits du mois de novembre sont humides et froides.

Les réflexes de mes premières fugues me sont revenus. Je suis allée dans un immeuble, au dernier étage.

Je me suis demandé si quelqu'un s'inquiétait pour moi cette nuit. Lors de mon dernier rendez-vous à l'ASE, Mme Tesson m'a dit : « Tu ne cesses de te mettre en danger Céline, j'ai l'impression que c'est un appel à l'aide. Nous sommes inquiets tu sais. » Je n'avais pas réagi mais ces mots m'avaient émue. Un court instant, l'idée de changer m'avait traversé l'esprit. Le lendemain, Malik m'appelait et tout recommençait. Quand il faut répondre aux questions « Qu'est-ce que tu vas faire ? Dans deux ans tu as dix-huit ans », un trou noir apparaît dans mon cerveau. Je n'ai pas la moindre idée de ce que je vais faire dans deux heures. Demain n'existe pas.

Les regrets décident parfois de se pointer dans mes pensées. D'habitude, ils s'évaporent rapidement dans la fumée de mon joint. Impossible ce matin, coincée entre les murs du commico. J'ai envie de voir Tata, de prendre un chocolat chaud dans le canapé vert, manger ses cookies et jardiner avec elle. Pourquoi m'a-t-on retirée de chez elle ? Pourquoi j'ai tout détruit ? Au moins, je lui ai évité d'avoir à m'abandonner comme les autres. Comme maman, comme papa. C'était plus fort que moi, je devais vérifier qu'elle serait toujours là, même après les insultes, les vols, les coups. Résultat, elle n'est plus là.

Hélène, l'une des éducatrices du foyer, vient d'arriver dans le bureau de l'officier. Elle pose sa main avec tendresse sur mon épaule, c'est fou comme ce petit geste m'apaise. L'officier lui fait signer la levée de fugue avant de conclure :

« Vous imaginez quand même. Une jeune fille de seize ans qui dort dans la rue. J'ai du mal à comprendre...

— C'est très bien parce que je ne vous demande pas de comprendre mais de lever sa fugue. On peut y aller ? » réplique-t-elle d'un ton sec.

Une fois dans le Trafic, Hélène baisse la vitre, en plein mois de novembre. Sa façon de me dire que je pue. Elle ne me pose aucune question.

« Hélène, y a un truc chelou dans mon corps.

— Comment ça ?

— Je fais pipi du sang.

— Quoi ? Tu as pris des médicaments ?

— Oui des potes sont allés à la pharmacie hier. Mais ça ne fait rien.

— OK, direction les urgences. »

Son inquiétude me fait du bien. J'ai juste envie qu'on prenne soin de moi.

« Céline, qu'est ce qui s'est passé ?

— Je ne sais pas, je ne sais plus. »

Je pose ma tête contre la vitre, en quête de quelques restes de souvenirs. Je ne comprends pas à quel instant tout a basculé. Malik m'a retrouvée en bas du bâtiment le dimanche matin, sans doute prévenu par l'un de ses nombreux indicateurs. Nous ne sommes pas revenus sur l'embrouille de la veille. Puis on est allés dans la planque d'un de ses potes, j'ai dormi jusqu'au lundi matin. Une journée calme, comme d'habitude. Dans notre monde, c'est à 18 heures que la vie débute. Il a recommencé à me prendre la tête avec son histoire de convaincre des filles du foyer de bosser pour lui. Des mecs sont arrivés, accompagnés de meufs d'à peine quatorze ans. Shit, alcool, musique, la routine. Malik m'a filé des médicaments que j'ai avalés avec de la vodka, puis je l'ai suivi dans une chambre. Les murs n'étaient pas droits et le sol semblait se dérober sous mes pieds puis... Mon Dieu je me souviens. La bagarre, le coquard, tout. Un frisson traverse mon corps. Je mords ma lèvre pour ne pas éclater en sanglots. Oublie Céline, oublie tout.

Assa

Ce matin, une ambiance glaciale règne dans le foyer. Le petit déjeuner est étrangement calme. Les filles me regardent du coin de l'œil, comme si elles découvraient une nouvelle facette de moi. Normalement, je suis la plus âgée, la plus raisonnable, la plus calme. La dispute d'hier soir est venue bousculer l'ordre établi. Lina est toujours dans sa chambre. Je ne lui en veux pas, je suis même plutôt fière qu'elle s'intéresse à mon exposé. Elle était juste là au mauvais moment. Je prends la route du lycée l'âme en peine. Le regard désemparé de Sékou et sa petite voix prononçant le prénom de Boubacar résonnent encore en moi. Est-ce que je dois en parler aux éducateurs ? Écrire à ma mère, à l'ASE, à la juge ?

Lina

J'ai réussi à cramer le mot de passe wifi des éducs, parfait pour débuter mes recherches tranquillement. Au début de l'année, en cours de français, on a étudié l'argumentaire. Il fallait réussir à organiser ses idées pour les présenter ensuite sous forme d'exposé. J'avais kiffé cet exercice, je m'imaginais dans un tribunal. Personne n'est au courant, mais je rêve secrètement d'être avocate, et comme Gisèle Halimi je ne défendrais jamais ces connards d'hommes violents, je porterais la voix des femmes. Je ferais de grands discours et je n'aurais pas de talons sous ma robe noire d'avocate, mais des baskets Air force. Et tout le monde m'appellerait *l'avocate aux baskets.*

J'ai peaufiné mon plan toute la nuit, j'ai même dessiné un petit croquis pour que ce soit plus clair. Il a dû se passer quelque chose ce matin car Hélène est partie précipitamment après le petit déjeuner. Devant mon miroir, j'ai la matinée pour m'entraîner. Je suis la seule jeune au foyer et si mes souvenirs sont bons, Assa mange ici ce midi. Il faut que mon argumentaire soit parfait !

J'ouvre mon classeur de français pour l'occasion.

1 – Énoncer clairement les arguments les uns après les autres en s'appuyant sur des exemples.

2 – Élaborer une analyse à partir de ces arguments.

3 – Proposer des solutions / plan d'actions.

J'attache mes cheveux, redresse mes épaules en enfonçant mes deux pieds dans le sol, face à mon miroir. Je tiens mes feuilles de brouillon dans les mains pour éviter de gesticuler dans tous les sens.

« *Voilà Assa,* non… *Bonjour Assa, je te demande cinq minutes d'attention.* » Non, c'est pourri on dirait une femme politique coincée du cul.

« *Salut Assa, je voudrais te parler de quelque chose. Je voudrais surtout que tu comprennes pourquoi je m'intéresse à ton exposé sur le MLF. Tout d'abord, tu sais...* »

Putain je suis ridicule. Je préfère attendre le retour d'Assa dans mon lit, en fixant le plafond. Je n'ai jamais été aussi déterminée, comme si tout d'un coup ma colère n'était plus un fardeau, mais un moteur. Je ne peux pas m'empêcher d'avoir une pensée pour ma mère. Notre dernière entrevue date d'il y a deux mois, lors d'une visite médiatisée à l'ASE. C'était « un jour sans » comme elle dit, ces jours où elle semble porter tout le poids du monde sur ses épaules. Elle galère à articuler trois mots, ses yeux sont marqués par de gros cernes violets et elle pue le tabac froid. Mon éduc avait tenté tant bien que mal de parler de moi, de ma scolarité et de mes projets mais rien n'y faisait. Ma mère excelle dans l'art de s'apitoyer sur son sort. « Vous savez je n'ai toujours pas la force de m'occuper de Lina, elle est difficile depuis qu'elle est toute petite. Je crois qu'elle tient ça de son père, cette violence. Je me sens fatiguée en ce moment, je suis en arrêt maladie. J'ai besoin de prendre soin de moi et de penser à mon avenir. » C'était sa dernière phrase, juste avant que je ne sorte du bureau en tapant contre les murs.

Cette façon qu'elle a de se justifier me donne la gerbe, comme si elle remplissait un billet d'absence dans mon cahier de liaison. Je me sens à la fois responsable de son mal-être et terriblement rejetée. Elle ne me regarde jamais dans les yeux, elle préfère s'adresser à mes éducateurs en parlant de moi à la troisième personne, j'ai l'impression d'être un objet posé sur un meuble. Tous les six mois, elle donne l'illusion d'aller mieux, le juge accorde une autorisation pour que je passe un week-end dans le taudis qui lui sert d'appart. J'ai l'espoir que tout aille mieux. Puis ça recommence, les médocs, les hospitalisations, les psys.

J'aimerais que ma mère me voie.

Assa

Je viens de foirer mon contrôle d'anglais. Impossible d'avoir les idées claires. En général, le lycée est mon échappatoire, une petite bulle où je m'autorise à être une adolescente normale. Réussir à l'école est ma seule motivation, l'unique possibilité de devenir enfin maîtresse de ma vie. Je veux être indépendante et prendre soin de Sékou et Coumba. J'ai envie de voyager, de découvrir le monde loin des frontières étriquées du Val-d'Oise. Depuis toute petite, j'ai compris que les études seraient le billet pour mon émancipation. Ensuite, la découverte de la lecture a repoussé les limites de mon esprit. Un fossé culturel me sépare des autres filles du foyer. Leur ignorance me scandalise, j'en deviens peut-être méprisante, parfois. Je ne sais pas ce qui fait la différence, mon placement qui est intervenu tardivement ? Leur parcours de vie, plus chaotique que le mien ?

Je suis en colère contre moi-même. Si je veux intégrer une très bonne fac littéraire, mon dossier doit être irréprochable. Certes, je ne suis qu'en seconde mais je n'ai pas le droit à l'erreur. Je veux être journaliste, m'imprégner de la réalité des autres et la traduire à l'aide de mots. Des mots qui heurtent, des mots qui touchent. Je serai une journaliste engagée, j'interviendrai dans les écoles, les collèges, les maisons de quartier. Je ferai de mon parcours une force et un exemple. Et je veux signer Assa Coulibaly à la fin de mon article, pour qu'un jour une voisine le montre à ma mère et lui dise : « Tiens, mais ça serait pas ta fille Mariam ? »

Pour l'heure, je rentre au foyer contrariée. Sékou a parlé d'un déménagement, comme si ma mère avait besoin de sceller définitivement mon départ de la famille par une énième prise de distance. Elle a commencé par changer de numéro de téléphone, avant de me bloquer sur les réseaux sociaux. Son influence s'est exercée sur tout le reste de la famille, mes tantes m'appelaient un peu au début, puis de moins en moins. Au Mali, ma mère était considérée par tout notre entourage comme une femme de caractère, fière et courageuse. Lorsque notre père est décédé, je ne l'ai pas vue verser une larme. Elle a porté la famille à bout de bras, Sékou était bébé. Je crois que son mariage avec Boubacar représentait l'opportunité de commencer une nouvelle vie en France. Nous avons quitté le Mali quelques mois après. J'avais huit ans quand j'ai vu pour la première fois la grande horloge au-dessus de la gare de Cergy-Saint-Christophe. Je me souviens de la sensation d'étouffement que je ressentais les premiers mois : je quittais une grande parcelle en plein cœur de Bamako où nous vivions avec toute ma famille, la cour était un terrain de jeu à ciel ouvert, cousins et voisins partageaient avec nous le thiéboudiène du vendredi. J'ai troqué ma grande maison pour un petit appartement exigu. Heureusement, Cergy est une ville de toutes les couleurs et de toutes les saveurs. Je me perdais le samedi matin, jour de marché, au milieu des échoppes des vendeurs maghrébins, sénégalais et camerounais. Il suffisait d'ouvrir la fenêtre de ma chambre pour entendre le brouhaha général. Et qu'est-ce que j'aimais ça ! Je fermais les yeux et j'imaginais le soleil brûlant de Bamako caresser ma peau. De nombreux voisins parlaient bambara et maman s'était rapidement fait un petit groupe de copines. Elles se réunissaient tous les vendredis, après la mosquée, pour la tontine*, avec en fond sonore les clips de Oumou Sangaré et Africable. Mais maman continuait de pleurer en silence dans les toilettes – puis elle sortait l'air de rien en séchant ses larmes d'un geste brusque. Elle avait pris la décision de partir, elle n'avait pas d'autre choix que de s'y tenir, qu'importent les coups de Boubacar, qu'importent les fins de mois avec le frigo vide.

« Reste digne ma fille ! » c'est ce qu'elle me répétait lorsque j'étais triste. Nous étions toujours tirés

* Association de personnes cotisant à une caisse commune dont le montant est remis à tour de rôle.

à quatre épingles pour aller à l'école. Elle nous frottait le corps avec le djampé* en ajoutant : « On n'est pas comme ces petits blancs aux ongles cracra. On n'a pas d'argent mais on est propres, c'est clair ? »

Lorsque j'ai frappé à la porte de l'infirmerie du collège, il y a trois ans, j'ai bafoué la loi du silence. Au Mali, être digne, c'est garder la bouche muette, c'est ne pas donner l'occasion de faire parler les voisins.

Je rentre au foyer avec une seule certitude, la violence, c'est le silence. Le silence de celles et ceux qui pourraient parler, dont on attend qu'ils parlent, mais qui ne parlent pas. Le bruit des autres filles, leurs hurlements et leurs rires exagérés ne sont rien en comparaison des trois ans de solitude que j'ai traversés. Je ne suis peut-être plus digne, maman, mais je retrouve le goût de la vie.

À peine arrivée dans ma chambre qu'on frappe à ma porte.

« Assa, je peux te parler vite fait ? »

Lina.

« Je suis pressée, je dois retourner au lycée.

— Ça sera pas long, promis.

— Rentre. »

Elle se tient face à moi, concentrée comme si elle s'apprêtait à passer un oral.

« Voilà, déjà je tiens à m'excuser pour hier. Je n'avais pas à rentrer dans ta chambre sans ta

* Découpe de filet de pêche utilisé en Afrique de l'Ouest pour se laver.

permission. Ensuite, je voudrais te parler d'un projet et j'aimerais que tu en fasses partie.

— Un projet ?

— Oui. Un projet de fugue engagée. Je t'explique. Premièrement, tu dois comprendre que ce projet est mûrement réfléchi. Je ne te parle pas d'une simple fugue mais d'un acte pour marquer les mémoires.

« Nous sommes différentes, Assa, c'est clair. Mais un élément nous relie, notre présence dans ce foyer et notre révolte. Nous la manifestons simplement à notre manière, moi je frappe, toi tu fais des exposés. Tu as compris que, ces derniers jours, je me posais beaucoup de questions. Pour te montrer ma confiance, je vais te révéler un secret : samedi, je me suis rendue à la marche *Nous toutes.*

— Sérieux ?!

— Laisse-moi finir. Depuis plusieurs mois, ma colère ne cesse de grandir, et je ne savais pas l'expliquer. Trop de choses se mélangeaient. Mais en voyant ces femmes, j'ai eu l'impression qu'elles mettaient des mots sur ce que je ressentais depuis toujours. Cette marche c'était pour nous Assa, pour les victimes de violence.

« Quand Sabrina a dit que nous n'y avions pas notre place, ça m'a fait tilt. On fait peur aux grands, ceux qui portent des costards et ceux qui parlent à la télé, parce que nous sommes une jeunesse abîmée. Une tache dans le tableau. Et même notre éduc qui connaît mieux que personne la réalité de notre vie ne voyait pas l'intérêt de notre présence dans cette manifestation ! Je ne sais pas vraiment pourquoi tu es placée dans ce foyer, mais ce n'est pas pour rien.

T'as demandé, toi, à être dans un foyer non mixte ? T'as demandé, toi, à vivre à l'écart des hommes ?

— Je ne comprends pas où tu veux en venir, Lina.

— Ce que je veux te dire, c'est que je ne sais pas où est notre place. Retirées de nos familles, parce que la violence est venue frapper à notre porte, d'une façon ou d'une autre. Placées en famille d'accueil, en foyer. Exclues. Re-exclues. Des lieux où l'ASE mélange toutes sortes de jeunes à problèmes, en s'étonnant ensuite de la longue liste d'incidents ! On ne débarque jamais à "L'escale" par hasard. Je déteste la non-mixité, j'ai l'impression de ne plus réussir à vivre avec des hommes, je les déteste encore plus. Mais quand on sortira, Assa, quand l'ASE nous lâchera, les hommes seront toujours là.

— C'est parce que nous avons besoin pendant un temps d'être entre filles, pour mieux nous réparer.

— Mais j'ai rien demandé, moi ! Je n'ai jamais donné mon avis. Ma rage ne va pas se taire entre ces quatre murs. Tu crois que l'une de nous a un copain, qu'elle fait confiance ? C'est tout ou rien. Ou tu fais la pute comme Céline, ou tu fais le bonhomme comme moi. Puis il y a toi, tu fais genre tout va bien, mais tu passes des heures dans tes livres pour oublier tes craintes.

« Tu sais pourquoi je me suis fait virer de mon ancien foyer ? Parce que j'ai pété un câble, ouais j'ai pété un câble quand un éduc m'a dit que "ce n'était pas joli pour une fille de parler comme ça". Et à qui on sort le speech de la contraception et des rendez-vous au planning familial, hein ? Qui on laisse sortir plus tard le soir sous prétexte qu'ils sont des garçons ? Pourquoi la moitié des filles du foyer finissent par faire les putes et les mecs à dealer ? Parce qu'on nous a foutu ça dans le crâne, putain, Assa.

« Un jour, j'ai entendu un éduc en réunion balancer à propos d'une fille : "En même temps pas étonnant ce qui lui arrive, elle a tendance à être dans la séduction." Ça veut dire quoi, ça ? Dis-moi ? Moi je pense qu'on doit apprendre à vivre ensemble, et que notre "réparation" comme tu dis, elle doit se faire avec des garçons. Ce n'est pas à nous d'être protégées dans une petite maison entre meufs. C'est à eux d'être éduqués bordel. Tu comprends, je refuse d'avoir peur d'être agressée.

— Quel rapport avec la fugue ? Et pourquoi t'es venue chercher dans ma pochette MLF ?

— Parce que j'y ai trouvé des réponses. Je ne sais pas, j'ai réalisé plein de trucs. Je pensais que c'était normal l'avortement, que c'était normal qu'un viol soit reconnu comme un crime. Mais non, elles se sont battues pour ça. Elles se sentaient puissantes et leurs voix ont résonné dans toute la France. En cherchant dans tes fiches, je suis tombée sur le nom d'un film qui parlait des filles du Plessis-Robinson, tu sais celles qui étaient en pensionnat, accusées d'être enceintes alors que la plupart avaient subi un viol.

— Oui merci Lina, c'est ma pochette, je vois.

— Elles ont fait la grève de la faim pour que les journalistes parlent d'elles, t'imagines ! Je ne veux plus être invisible, je veux qu'on connaisse nos histoires. Que les hommes aient peur des conséquences lorsqu'ils agissent. Je n'en peux plus de voir toutes ces meufs donner leur cul pour exister et ces mecs se sentir virils uniquement quand ils bandent ; je veux plus qu'on me protège. Je veux être libre de marcher dans la rue la nuit, libre de choisir. »

Son argumentaire me scotche. Mais je ne comprends pas vraiment ce qu'elle est en train de me proposer.

« Lina, c'est utopique tout ce que tu dis là. Comment peux-tu parler au nom de toutes ces filles ? Certaines ont besoin de ces foyers non mixtes pour se reconstruire.

— Je veux juste qu'on arrête de, tout le temps, tout décider pour nous, sans nous.

— T'es allée manifester samedi, t'as bien vu que les choses bougeaient non ?

— Ce que j'ai vu, c'est notre absence. Est-ce qu'on va encore laisser les autres s'exprimer pour nous, est-ce qu'on ne peut pas agir ?

— Qu'est-ce que tu veux faire ?

— Une fugue d'Argenteuil jusqu'à Bordeaux, en traversant la France. On placarde les murs de slogans, les nôtres. On se rend visibles, on prend de la place.

— Pour quoi faire Lina ? On n'a même pas de revendications !

— Bien sûr que si, être écoutées. Que les gens dans leur petite vie bien rangée soient au courant des nôtres, de ce qui se passe sous leurs fenêtres.

— Lina tu rêves. Avec quel argent ? Comment ? On dormirait où ?

— On n'a pas besoin de grand-chose, je te jure. C'est facile de voyager à trois.

— Trois ?

— Ouais... je vais demander à Céline.

— Céline ? Mais t'as perdu la tête ! Comment tu peux penser que Céline va être intéressée ! C'est tout le contraire, elle n'en a rien à foutre.

— Peut-être oui, mais c'est la seule du foyer qui a des thunes. Céline elle a des sapes de marque, elle traîne avec des grands mais elle est seule, pas d'amies. Il suffit de lui dire qu'on veut fuguer avec elle, sans trop insister sur les vraies raisons. Elle n'y verra que l'opportunité de partir dans le Sud entre meufs.

— Tu veux la manipuler là.

— Non, chacune a quelque chose à y gagner. C'est tout.

— Lina ça ne me dit rien. Imagine combien tout le monde va s'inquiéter, puis je ne peux pas sécher les cours si longtemps.

— Pff s'inquiéter ? Laisse-moi rire. Ta famille s'inquiéter, Assa ? Ils te calculent pas depuis des mois.

— On va être déclarées en fugue, la police va nous retrouver.

— T'es grave ! T'y connais vraiment rien en fugue. Céline c'est une experte, moi aussi j'ai pas mal fugué. On a dix jours tranquilles devant nous. Ils vont nous déclarer en fugue au commico d'Argenteuil, mais ils attendront une semaine au moins pour prévenir le magistrat d'une disparition inquiétante.

— Et après ?

— Après on verra.

— ... Ne compte pas sur moi, désolée. Mais je ne vous balancerai pas, t'inquiète.

— T'es là à faire tes exposés MLF, à parler comme une intello dès que tu le peux, et à la moindre occasion tu te défiles ! Vas-y laisse tomber. »

Je retourne au lycée l'esprit tourmenté. Désormais, je n'ai plus seulement les mots de Sékou dans ma tête.

Céline

Pour la première fois depuis plusieurs mois, je suis contente de retrouver ma chambre au foyer. Je n'ai toujours pas rallumé mon téléphone depuis l'embrouille avec Malik. J'appréhende la rafale de messages et de notifications. Nous avons attendu trois heures aux urgences, c'est bien une infection urinaire. Comment je me suis sentie rassurée dans cette salle d'attente... Hélène avait l'air inquiète, elle était là assise à mes côtés, à l'affût du moindre symptôme inquiétant. La perfusion d'antibiotiques, les mains de l'infirmière sur ma peau, le pansement posé délicatement. Ils prenaient soin de moi. Évidemment, je n'ai pas échappé aux questions sur mon coquard. L'infirmière m'a sorti son petit couplet sur les violences conjugales, porter plainte blabla. J'ai également eu le droit au refrain sur la contraception et les MST. Ah oui, on m'a fait un prélèvement, ils pensent à la chlamydia. Du moment que ce n'est pas le Sida, je me dis que ça va. De retour dans la voiture, Hélène m'a parlé de cette MST. J'avoue que je flippe un peu. Si c'est ça, je ne sais pas qui me l'a refilée et surtout depuis combien de temps je suis malade. En général je me protège, mais parfois certains amis de Malik retirent la capote sans que je ne m'en rende compte. Les connards.

Hélène tente d'en savoir plus :

« Laisse-moi deviner, ce ne serait pas ce Malik qui te harcèle dès que t'es au foyer qui serait à l'origine de cet œil au beurre noir ?

— Bien tenté, Hélène, mais non.

— OK. Tu sais, Céline, nous n'allons pas mettre des barreaux à la fenêtre de ta chambre, mais je crois que tu as besoin de te poser là. »

Elle a raison, je n'ai qu'une envie, m'étaler dans mon lit et ne plus penser. Dans deux minutes nous arriverons au foyer, et j'ai déjà la flemme des questions que les filles vont me poser. J'hésite, entre inventer une baston à Châtelet avec une autre meuf, scénario tout à fait crédible, ou bien ne rien dire et laisser planer le doute.

Ça ne loupe pas. Les filles sont en train de mettre la table quand j'arrive.

« Wesh Céline ! C'est quoi ça ?

— Miskina Céline, tu t'es fait défoncer.

— Truc de ouf, venez voir la tête de Céline ! »

Les voilà toutes autour de moi en train de s'inventer une tonne de scénarios. Pour faire taire leurs mauvaises langues, je choisis la carte du mensonge.

« Galère les meufs, j'ai passé un week-end de malade. On était posés au calme à la chicha, y a des petites de Bondy qu'ont débarqué. Elles faisaient les malignes. J'en ai recroisé une hier à Châtelet, je l'ai démontée. C'est comme ça que les keufs m'ont contrôlée et que j'ai fini au poste.

— Allez on se calme les filles, à table ! » lance Hélène pour couper court.

J'esquive son regard, elle sait bien que j'enchaîne les mythos depuis tout à l'heure. Si j'étais une éduc, sérieux, j'écrirais un roman. Entre nos vies de merde et les histoires qu'on invente, impossible de manquer d'inspiration !

Je me demande ce qu'on leur enseigne dans leur école d'éduc. Quand tu fais médecine, on t'apprend à soigner, cuisine à cuisiner mais éducateur spécialisé... Spécialisé en quoi d'abord ? Cassos ?

Les éducs ont toujours fait partie de mon quotidien, de près ou de loin. En général, c'est le signe qu'il y a un truc qui cloche dans ta vie. Comme ma daronne : encore avec des éducs à trente-six piges. Une chose est sûre, je les connais par cœur. Ils ont des expressions bien à eux, du genre « j'entends » : « J'entends ta frustration Céline, j'entends ce que tu essaies de nous dire avec cette attitude, j'entends ta demande, mais la réponse est non. » Des tonnes de blablas.

Hélène est spéciale. Je crois que la différence, c'est que tu sens qu'elle nous kiffe, même lorsqu'elle nous prend la tête. Avec elle, impossible de boire du Fanta à table et d'utiliser son portable avant d'aller se coucher. Quand elle travaille le dimanche, c'est pas comme Brice qui sort une vielle pizza du congèl, elle nous traîne au marché pour acheter des légumes, en nous répétant : « Eh oui les filles je prends soin de votre santé ! » Et, j'avoue, ça fait du bien de se sentir importante !

Je tourne ma cuillère dans mon assiette de soupe, des images de lundi soir continuent de circuler dans ma tête. Je repense aussi à cette histoire de MST. J'ai l'estomac noué, tenir mon mensonge me demande beaucoup d'énergie. Je prétexte un mal au ventre pour m'échapper dans ma chambre.

Assa

Sékou, la proposition de fugue de Lina, l'œil tuméfié de Céline… *Tropique de la violence* est posé juste là, sur ma table de nuit. Je voudrais l'ouvrir et m'évader à Mayotte, mais ce soir, je n'arrive pas à le lire. Trop de violence en une journée, je choisis de me replonger dans mon exposé du MLF, je le présente devant toute la classe le 13 décembre.

Mais impossible de me concentrer, je ne peux pas ignorer ce qui s'est passé ce soir. Je n'ai pas cru un mot de l'histoire qu'a racontée Céline. Je l'observais mimer la scène de la bagarre avec ses grands gestes. Quand les filles ont finalement détourné leur attention pour passer à table, j'ai vu son regard s'assombrir, et une minuscule larme couler le long son œil noirâtre.

Je reconnaîtrais ce regard de détresse parmi cent, ma mère avait souvent le même. Un homme a frappé Céline, c'est certain, et je devine la solitude qu'elle ressent ce soir dans son lit. Tout se bouscule dans ma tête. Cette marche à laquelle Lina a participé, et cette phrase qui résonne : « Je ne veux plus être invisible. »

Lina a raison, je me rêve journaliste et à la première difficulté, je prends peur. Je rentre dans le moule et je ne fais pas de bruit. Comme si j'allais changer la face des choses avec mon petit exposé PowerPoint.

Je frappe à la porte de la chambre de Lina.

« C'est bon, je veux fuguer avec toi. »

Lina

L'agression de Céline est tombée à pic. Je ne crois pas une seconde à son histoire de meuf de Bondy, le foyer c'est le temple du mytho.

Je continue de penser que Céline fait partie de ces pauvres filles qui choisissent d'ouvrir les jambes pour se sentir désirées, mais bon, je connais pas sa vie. Ce qui est sûr, c'est que son coquard a fait réfléchir Assa et qu'elle a dit oui ! On y est presque, plus qu'à convaincre Céline. Vu son état, ça ne devrait pas être très difficile.

Avec Assa, nous profitons de la réunion de transmission entre les éducateurs et les veilleurs de nuit pour aller dans sa chambre.

« Bon Céline, on a un truc de fou à te proposer avec Assa.

— Une soirée sur Paris ?

— Mais non putain ! On te propose d'aller dans le sud de la France.

— Qu'est-ce qu'on irait foutre là-bas ?

— Je te propose la meilleure fugue de tous les temps. Partir d'Argenteuil jusqu'à Bordeaux, libres comme l'air.

— Euh, toutes les trois ? Mais vous me calculez jamais. Et Assa, depuis quand tu fugues, toi ?

— J'ai envie de fuguer au moins une fois dans ma vie, et je crois bien que Lina et toi, vous êtes deux expertes.

— Pourquoi Bordeaux ? Vous connaissez des gars là-bas ? »

Prévisible, Céline ne conçoit sa vie qu'à travers les hommes. Elle est l'exemple même de l'échec des foyers non mixtes. Tu pourrais la déposer sur une île déserte entre filles, elle trouverait le moyen de monter sur un radeau à la recherche de mecs. Pourquoi les éducs ne pigent pas ça ? Plus c'est interdit, plus on y va ! Elle est pathétique, nous la farcir dix jours ne sera pas de tout repos, mais bon, pas le choix. Assa n'a pas l'air à l'aise, je sens qu'elle culpabilise de lui mentir. Je poursuis rapidement, dans le seul langage qu'elle connaît, le regard des autres.

« Meuf, rien que pour voir la gueule des éducs quand on enverra une photo ! J'ai envie de vacances entre filles, pas toi ?

— Je suis chaude. Le problème c'est Malik, tu vois…

— Tu l'emmerdes Malik ! » rétorque Assa.

Oh mais Assa se lâche ! J'ai l'impression de toucher le bout, il ne me reste plus qu'à aborder la question des thunes.

« Niveau fric ça se passe comment, t'as des économies toi Céline ?

— Oui mais c'est Malik qui gère. »

Putain, mais quel enculé ce mec ! Et quelle pigeonne ! Ça s'annonce plus compliqué que ce que j'imaginais.

« J'ai calculé, il nous faudrait 1 000 euros pour être larges.

— Mais t'es malade ! On n'aura jamais cette somme ! » répond Assa.

Et là, de façon inattendue, Céline a une proposition.

« On s'est pris la tête avec Malik parce qu'il veut que je vous propose de bosser pour lui. Je sais qu'en début de mois, il y a de gros clients en Belgique, Malik se rend souvent à Lille pour gérer le business. Vous pourriez peut-être bosser deux nuits pour lui et à nous trois on aurait assez de thunes ?

— Mais t'es complètement conne ou quoi ? T'es vraiment en train de nous demander de faire les putes ? Mais putain, plutôt crever ! Ouvre les yeux Céline, ce connard te manipule. Il veut juste te baiser et faire des thunes ! Venge-toi, montre-lui que tu n'as pas besoin de lui ! »

C'est plus fort que moi, je ne peux pas accepter ce genre de conneries, encore en train de le défendre avec son œil au beurre noir. Céline reste stoïque. Assa, avec toute sa douceur, trouve les mots pour la convaincre.

« Céline, tu n'as pas besoin de cet homme dans ta vie pour avoir de la valeur. Il sait bien que tu es plus jeune, perdue et vulnérable. Il en profite. Mais ce n'est pas ça l'amour, il y a d'autres façons de te sentir aimée.

— J'ai peur.

— C'est à lui d'avoir peur ! Tu es mineure et si demain tu vas chez les keufs crois-moi il est dans la merde. La loi est avec toi ! »

Je suis assez fière de lui avoir parlé de justice. Je me sens un peu comme une avocate. Céline reste silencieuse quelques minutes. J'ai le cœur qui bat.

« La seule possibilité pour pécho l'argent, c'est de faire semblant. Je peux l'appeler, et dire que vous êtes intéressées. Je lui raconte qu'une de vous doit se rendre à Lille. À coup sûr il va me proposer que vous fassiez un essai sur place. J'ai grillé où il cachait son argent, dans une banane toute flinguée qu'il dépose derrière les toilettes. Je sais exactement comment ça se passe, il y a toujours un moment dans la soirée où on peut se barrer. Mais faudra être réactives parce que si on se fait cramer… »

L'assurance avec laquelle elle vient de décrire son plan me surprend. La fugue s'annonce plus périlleuse que prévu avec un mac à nos trousses. Mais hors de question de reculer, on improvisera. J'entends le veilleur de nuit sortir du bureau, on n'a plus beaucoup de temps pour valider nos plans.

« Donc les filles, on la fait, notre fugue ?

— Je suis partante, déclare Assa.

— Je suis partante aussi.

— OK, maintenant écoutez-moi. Céline, impossible de partir avant que ton coquard se soit estompé, on se ferait repérer direct par les keufs. On est mardi, je propose de partir lundi prochain, le 2 décembre.

— Non, le lundi j'ai un rendez-vous important à 16 h 30 que je ne peux pas louper. Et le mardi matin j'ai un contrôle d'histoire, répond Assa.

— OK, mercredi 4 décembre alors. D'ici là, on se tient à carreau. Enfin bon, je parle pour Céline et moi. Pas de fugues, pas de scandales, sans en faire trop non plus. Céline, tu reprends contact avec Malik demain, mais tu ne le revois pas d'ici là. Dis-lui que les éducs sont sur ton cul. Et pas un mot, à personne. C'est clair ?

— OK.

— Oui.

— Rendez-vous dimanche même heure dans la chambre d'Assa pour commencer à nous organiser.

— Bonne nuit. »

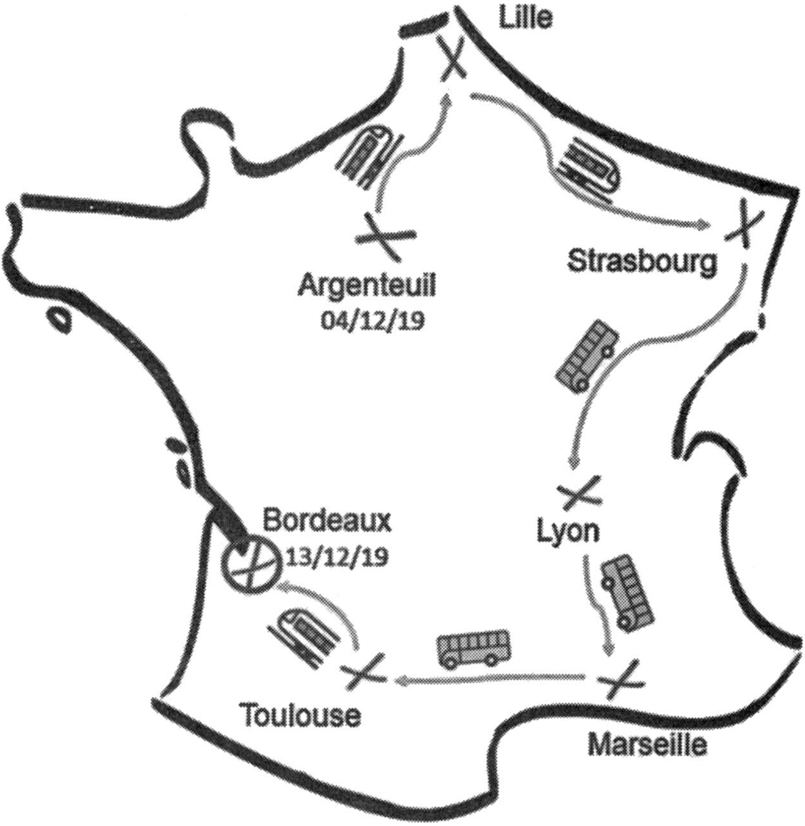
Lille
Argenteuil
04/12/19
Strasbourg
Lyon
Bordeaux
13/12/19
Toulouse
Marseille

Troisième partie

Céline

TRENTE-HUIT APPELS EN ABSENCE et cent deux messages sur Snapchat. Je ne suis jamais restée si longtemps sans allumer mon téléphone. Je flippe à l'idée d'écouter les audios de Malik, et surtout, est-ce que je vais réussir à lui mentir ? Depuis ce matin, je repense à cette histoire de fugue. J'ai accepté sur le moment, mais comme d'habitude, je change d'avis. De toute façon, je fais toujours les mauvais choix. Je décide d'effacer tous mes messages, comme j'ai effacé les souvenirs de la nuit de lundi de mon cerveau.

J'ai écouté Lina, nous sommes vendredi et je n'ai toujours pas fugué ni insulté un éduc. Juste un petit « Ta gueule » à Brice, mais ça compte pas. Ce connard fait en sorte de nous pousser à bout, pour ensuite aller se plaindre à la direction. Histoire de justifier sa façon bien à lui d'arriver deux heures en retard au foyer, en traînant des pieds. Au mieux, il organise de temps en temps une sortie cinéma ou bowling, sans trop se casser la tête. Tout le contraire d'Hélène. Elle, elle nous propose des tas d'activités et de projets, et même quand on la plante ou qu'on a la flemme, elle lâche pas l'affaire.

Nous sommes en route pour mon rendez-vous avec Mme Tesson. Je connais les bureaux de l'ASE dans les moindres détails. Je salue la secrétaire, Alice, trop tigen cette femme, je prends un verre d'eau à la fontaine et on se pose dans la salle d'attente. Une petite de cinq ans est assise avec une dame aux cheveux gris, son assistante familiale à coup sûr. J'avais à peu près son âge quand je suis allée vivre chez Tata. Je ne me souviens pas des mots que la juge et l'éducatrice avaient utilisés pour me dire que je quittais ma mère, mais je n'ai pas oublié ses pleurs. Elle criait dans le bureau : « Rendez-moi ma fille, c'est ma fille ! »

Le lendemain, Mme Tesson m'accompagnait chez Tata. La première année, tous les soirs, lorsque le soleil se couchait, je partais de la maison en hurlant. La nuit m'angoissait. Je pensais qu'en fuyant tout droit vers le soleil, j'échapperais à l'obscurité. Chaque jour, Tata me récupérait, elle me répétait la même chose : « Ça va aller Céline, je suis là. » Mais chaque soir, je repartais. Deux fois par mois, Tata m'emmenait voir la psychologue de l'ASE, elle m'expliquait que mon père était parti très loin mais que ce n'était pas de ma faute. Elle me disait aussi que ma mère était malade, que pendant que j'étais dans son ventre elle avait pris beaucoup de mauvais médicaments qui ont abîmé ma santé. Quelques années plus tard, Mme Tesson a parlé de « carence affective ». Ma mère ne savait pas s'occuper de moi. Je pouvais pleurer des heures sans qu'elle ne réagisse, trop occupée à s'injecter de la drogue. Au fil des années, les visites de ma mère se sont espacées. Ses discours étaient de plus en plus étranges, elle délirait sur la fin du monde qui arrivait. La psychologue m'expliquait qu'elle était malade, je crois que ça s'appelle la schizophrénie. Un truc du genre. Bref, ma mère est devenue folle. Quand je fume trop de shit, j'ai peur de devenir comme elle, est-ce que c'est dans les gènes la folie ? Je voudrais écrire une lettre à cette petite fille, lui dire de ne pas tout gâcher comme je l'ai fait moi.

Mme Tesson vient nous chercher dans la salle d'attente. Depuis que je la connais, elle n'a pas changé, sauf ses cheveux qui deviennent de plus en plus gris. J'ai de la chance. Enfin non, je corrige, dans mon malheur, Mme Tesson est ma chance. J'ai connu beaucoup de jeunes qui ont changé cinq, six fois, d'éducateur référent. Moi, Mme Tesson m'accompagne depuis le tout début. C'est mon unique pilier, la seule qui tient. Je lui en ai fait voir de toutes les couleurs. Combien de fois les directeurs des foyers l'ont appelée pour lui dire que j'étais exclue ? Ils me déposaient le lendemain dans les bureaux de l'ASE. Je m'asseyais dans cette même salle d'attente, je l'observais au loin passer des tonnes de coup de fil pour « trouver une solution », comme elle disait. C'est elle qui a proposé que j'aille à « L'escale ».

Assises dans son bureau, je regarde les dessins d'enfants accrochés aux murs. Le mien date d'il y a dix ans, les couleurs se sont ternies. Un peu comme moi. Le rouge est moins vif, le bleu moins bleu, mais on distingue encore ma signature difforme. J'avais six ans.

« Alors Céline, qu'est-ce qui s'est passé pour toi depuis notre dernier point, il y a deux mois ? Vu la couleur violette de ton œil je présume que tu as quelques aventures à me raconter.

— Une embrouille vite fait. »

Hélène prend la parole pour donner des détails : les fugues, le commissariat, l'hôpital. Elle poursuit avec une mise en garde :

« Céline est arrivée au foyer il y a bientôt un an et elle n'arrive toujours pas à respecter le cadre, pourtant souple. Elle enchaîne les fugues et les mises en danger. L'idée d'une reprise de scolarité n'est même pas envisageable. C'est simple, elle prend le foyer pour un hôtel. Nous lui avons déjà dit, mais s'il n'y a pas un changement de sa part rapidement, nous allons devoir mettre un terme à son accueil.

— Qu'en dis-tu Céline ? me questionne Mme Tesson.

— Je m'en tape. Je serai enfin libre.

— Tu sais, Céline, libre, tu le seras dans deux ans quand tu auras dix-huit ans. Ce que j'aimerais moi, c'est que tu puisses être libre avec un projet de formation, une idée. Je sais bien que tu n'arrives pas à te projeter, mais à force de te comporter comme ça, évidemment les adultes prennent des décisions à ta place.

« Si le foyer décide de t'exclure, c'est simple, je n'ai pas de solution. Tu es passée par tous les foyers du département. Tu iras à l'hôtel, avec des paniers repas en attendant que tu fasses une proposition et basta. C'est ce que tu veux ? Bouge-toi Céline ! »

Je ne l'ai jamais vue s'adresser à moi avec autant de froideur. Et merde, je me mets à chialer. Elle me tend un mouchoir.

« Je dois aussi t'annoncer quelque chose. J'ai été appelée par l'assistant social qui suit ta mère, dans son centre d'hébergement. Elle vient d'être admise dans une clinique dans le sud de la France, pour une cure de désintoxication.

— OK.

— Tu veux que je t'explique en quoi ça consiste ?

— Non, je m'en fous.

— Bon, sache juste que la clinique *Les coquelicots* se situe à Bordeaux ; la cure dure deux mois. Ta mère ne peut pas avoir de contact téléphonique pendant cette période.

— Ça va, je devrais pouvoir m'en passer. Une visite médiatisée en six mois, ce n'est pas deux mois sans nouvelles qui vont changer ma vie. »

Quand Mme Tesson a parlé de Bordeaux, mon cœur a fait un bond, un peu comme un signe du destin. Elle veut que je me bouge ? Très bien, je vais me bouger jusqu'à Bordeaux. J'irai dire en face à ma mère qu'elle a bousillé ma vie. Trente-six ans et encore suivie par des éducateurs dans un centre, pauvre meuf.

Assa

Sarah me parle du dernier film qu'elle a vu, mais je n'écoute que d'une oreille. Je me sens coupable de ne pas lui parler de mon projet. J'ai peur qu'elle s'inquiète, je devrais peut-être la prévenir, lui dire que j'ai un truc important à faire. Non, elle va me poser tout un tas de questions auxquelles je ne saurai pas quoi répondre. Mentir à Sarah me coûte, mais cette fugue ne la concerne pas. C'est le combat de ma vie secrète, celle que je m'efforce de si bien dissimuler.

« T'as l'air soucieuse Assa, tu vas bien ?

— Oui oui, j'étais en train de réfléchir à mon exposé.

— Tu te mets trop la pression avec ce truc. C'est pour dans quinze jours, ça va aller, ne t'inquiète pas.

— Tu me fais confiance ?

— Bah enfin, bien sûr.

— Tu ne me jugeras pas, même si je fais une folie ?

— T'es bizarre, Assa.

— Réponds-moi.

— Non, je ne te jugerai pas.

— Promis ?

— C'est promis, oui.

— Tu sais, Sarah, t'es comme ma sœur.

— Allez, finis ta glace au lieu de me sortir tes grandes déclarations ! »

La dernière fois que j'ai senti que je faisais quelque chose de déterminant dans ma vie, je dormais dans un foyer le soir même. Je ne supporterais pas de perdre Sarah. Pourtant, je suis sûre de moi, je dois le faire.

Lina

Truc de dingue, je passe mon samedi après-midi à la bibliothèque ! J'ai trouvé la planque des intellos du collège. Ils sont tous choqués de me voir ici, l'un d'eux m'a même demandé si c'était une punition. J'ai ouvert un grand atlas de la France puis je me suis posée devant l'ordinateur. J'ai fait un schéma, avec tous nos points de chute, les horaires de trains et de bus. J'ai noté quelques adresses de Formule 1, c'est les moins chiants avec les mineurs. Et Assa a une tête de daronne, y a moyen que ça passe.

Ensuite, j'ai réfléchi à nos slogans, c'est quand même le but ultime de notre fugue. J'ai regardé à nouveau ceux du MLF, *Un homme sur deux est une femme,* ou encore *Je suis une femme, pourquoi pas vous ?* Il suffit d'une phrase pour frapper les esprits. Mais bordel ce n'est pas simple !

Je cherche un peu d'inspiration en écoutant Keny Arkana.

« J'ai le syndrome de l'exclue,
L'impression d'pas être à ma place,
Mal jugée et mal vue,
Depuis l'époque d'aller en classe.
J'ai pas les mots, j'm'exprime mal
Et quand j'en ai plus, j'm'énerve !
Ouais je sais c'est nul ça m'a causé des torts,
Mais j'ai pas la patience de ceux qui sont restés à l'école.* »

* Keny Arkana (feat. RPZ), « Le syndrome de l'exclu », extrait de l'album *Tout tourne autour du soleil,* 2012.

Tenir un stylo m'effraie. Mes doigts tremblent et une petite voix au fond de moi me répète que je suis nulle. Écrire demande une certaine concentration, la capacité de rassembler ses idées. Le problème, c'est que depuis toujours, mon esprit n'en fait qu'à sa tête et part dans tous les sens ! La preuve, je n'ai pas réussi à trouver un seul slogan. Je suis en colère contre moi-même ; comment espérer devenir avocate un jour si je suis incapable d'écrire trois mots ! Une Gisèle Halimi en carton, ouais !

J'espère qu'Assa aura de meilleures idées demain.

Céline

« Allô Malik, ça va ?

— Wesh ça fait une semaine que ton téléphone est éteint. Me dis même pas que t'as balancé à tes éducs de merde ou aux keufs ?

— Non t'inquiète, j'ai rien dit. Mais les éducs m'avaient pécho mon portable, je ne pouvais pas t'appeler.

— Vas-y, tu veux quoi ?

— Je voudrais récupérer mon argent.

— C'est moi qui gère ça, je t'ai déjà dit.

— Et je voulais aussi te dire que deux des filles du foyer sont partantes…

— Ah voilà, là tu m'intéresses ! »

Lina

Je toque à la porte d'Assa à 21 h 30 précises, Céline est déjà là. Pas de temps à perdre, on commence l'organisation de notre fugue immédiatement. Les rôles de chacune se dessinent assez naturellement. Je mène la troupe, Céline est en charge de notre premier point de chute, et Assa doit réfléchir aux trucs auxquels Céline et moi ne songeons pas, genre, est-ce que nous prenons nos portables ? Est-ce que nous laissons un mot aux éducs ?

Je leur montre mon croquis, assez fière de moi.

« Les filles, voici le plan de notre fugue. Je résume : départ mercredi matin à 8 heures comme si nous allions en cours. Céline, t'as une idée de disquette ?

— Oui je vais faire genre je vais prendre des infos à la mission locale en autonomie.

— OK donc logiquement, on a la matinée devant nous pour rejoindre Lille sans être déclarées en fugue, surtout que les éducs ne vont pas faire le lien directement entre nous trois. Une fois à Lille, on ramasse les thunes. On fait ce qu'on a à faire et on prend le train direction Strasbourg au petit matin. »

Détailler le plan aux filles commence à rendre notre fugue concrète. J'avoue que je flippe un peu. Et si on prenait trop de risques ? Mais pas moyen d'encore renoncer par peur d'échouer. L'année dernière le collège organisait un concours d'éloquence, je rêvais d'y participer. Je me suis inscrite au crayon à papier, avant d'effacer mon nom de la liste le lendemain matin.

« Céline, t'as appelé Malik ?

— Oui c'est fait, on a rendez-vous à la gare de Lille mercredi en fin d'après-midi. Il nous attendra en voiture avec deux de ses potes. Je vous expliquerai comment on procédera mercredi matin. Prenez des vêtements sexy.

— Euh... OK. Préparez vos sacs à dos discrètement, à la dernière minute. Des questions ?

— Ouais, lance Céline. Pourquoi vous faites les mythos à ne pas me dire vraiment ce que vous voulez faire ? Pourquoi on tape un détour à Strasbourg pour aller à Bordeaux ? »

Et merde, je la pensais plus conne. Assa me regarde avec ses grands yeux, je sens qu'elle va tout balancer. En même temps, comment lui cacher plus longtemps ?

« OK Céline, j'avoue, on a oublié de te préciser un truc. L'idée, c'est de faire entendre la voix des jeunes placés, surtout des filles.

— Mais tout le monde s'en tape.

— Justement, répond Assa. On veut faire partie des préoccupations de la société, on veut parler des adolescentes placées, de toutes celles qui finissent par...

— Faire la pute, vas-y dis-le.

— Être d'abord des victimes, puis des proies.

— Vous savez quoi ? Je ne veux pas en savoir plus, tout ce que je veux c'est aller à Bordeaux. »

Céline se barre brutalement. Assa se tourne vers moi :

« Lina, j'ai réfléchi à nos slogans. Nous pourrions reprendre le mouvement des collages.

— Des collages ?

— Oui, depuis plusieurs mois, des femmes se rejoignent la nuit pour coller des messages aux murs, sur les façades. C'est souvent le prénom de femmes tuées par leur conjoint ou bien des messages en lien avec les féminicides.

— Bonne idée. Mais c'est facile à faire ?

— Oui, j'ai déjà fait la liste de ce qu'on devait acheter. T'as des idées toi de slogans ?

— Euh... non pas vraiment. Les mots c'est ton truc. Prépare une liste, on choisira ensemble plus tard. »

Assa

Aujourd'hui, j'ai acheté un pain au chocolat et un paquet de bonbons en plus. J'ai besoin de voir le visage lumineux de Sékou pour me donner la force de ne pas reculer.

« Wha ! Trop bien, merci Assa. »

Sékou a vécu mon départ de la maison comme un abandon. J'imagine très bien toutes les horreurs que maman a dû lui raconter. Je dois le prévenir de mon absence, je n'ai pas le choix. Je crois également que c'est le moment qu'il comprenne un peu mieux les raisons de mon placement.

« J'étais très triste la semaine dernière, quand tu m'as parlé de votre déménagement et du retour de Boubacar. Je ne vivrai pas non plus avec vous dans votre prochaine maison.

— Pourquoi ?

— Depuis que je suis partie, une éducatrice vient souvent voir comment ça se passe à la maison pour Coumba et toi, n'est-ce pas ?

— Oui, elle est gentille. Elle me pose beaucoup de questions. Maman est toujours fâchée quand elle doit venir. Elle dit qu'elle vient fouiller dans nos vies à cause de toi.

— Sékou, je suis partie de la maison parce que je n'avais pas le choix. Boubacar était très méchant avec maman. Il était violent et il s'énervait très fort. Maman ne disait rien mais moi j'avais peur pour elle. Et puis Boubacar m'a fait du mal à moi aussi.

— Qu'est-ce qu'il t'a fait ?

— Il venait dans ma chambre alors que je n'avais pas envie. Et quand je disais non, il me menaçait de frapper encore plus fort maman et de s'en prendre à Coumba et toi.

— Pourquoi Adama ne t'a pas protégé ?

— Je ne lui ai jamais rien dit. Adama n'était pas souvent à la maison, toujours chez ses copains. Boubacar agissait quand il n'était pas là. Quand j'en ai parlé à l'infirmière scolaire, maman et Adama ne m'ont pas cru. Et puis la juge a décidé de me placer dans un foyer, pour me protéger.

— Moi je t'aurais défendue Assa ! Quand je serai grand je serai l'homme de la maison !

— Sékou, écoute-moi bien. Tu n'as pas à être l'homme de la maison. Tu n'as pas à me protéger. Tu dois respecter les femmes, tu comprends ? Les filles ne sont pas plus fragiles, plus faibles ou plus gentilles. Tu dois simplement les écouter. C'est très important. »

Il s'arrête de manger son pain au chocolat. Son sourire habituel laisse place à un visage anxieux. Ça me brise le cœur.

« Je déteste Boubacar ! T'entends !

— Sékou calme-toi. Je suis là, je vais bien. Même si vous déménagez, une éducatrice passera toujours à la maison voir si tout se passe bien. Tu dois lui dire la vérité. Si Boubacar revient, je m'en chargerai. Je dois m'absenter quelques jours, je ne serai pas là la semaine prochaine, mais ne t'inquiète pas. D'accord ?

— D'accord Assa. »

Désormais, j'ai la certitude de devoir aller jusqu'au bout de cette fugue. Avant de me coucher, je rédige une lettre à l'intention de ma mère. Depuis trois ans, je repousse ce moment de confrontation entre mon stylo, une feuille blanche et mes souvenirs. Écrire de ma main droite les lettres du mot « maman » et déposer mes blessures transportent mon esprit dans cette chambre aux murs jaune de Cergy. Mon corps se tétanise et les sanglots restent silencieux au fond de ma gorge, comme lorsque j'avais onze ans.

Le 2 décembre, à Argenteuil

Maman,

Voilà bien longtemps que je ne t'ai pas appelée ainsi, « maman ». J'oublie peu à peu le son de ta voix et ton léger zozotement. Ces dernières années marquées par ton absence ne ternissent en rien les souvenirs heureux de notre vie à Bamako. Depuis la mort de papa, tes yeux n'ont plus jamais brillé avec le même éclat. J'ai longtemps été très en colère contre toi. Les phrases que tu as prononcées dans le bureau du juge demeurent le plus grand coup de poignard que j'ai reçu, bien plus douloureux que les coups de Boubacar.

Nous savons toi et moi que j'ai toujours dit la vérité. J'ai gardé trois longues années le silence sur les visites nocturnes de ton mari. J'ai d'abord culpabilisé en me demandant ce que j'avais bien pu faire pour mériter ça. Il répétait « c'est parce que ta mère est méchante que je viens me consoler dans tes draps ». Je ne sais pas à quel moment ta force de caractère s'est volatilisée, était-ce dans le vol Bamako-Paris ? Tu pouvais tout encaisser, les coups de poing dans les côtes, les humiliations et les insultes mais la vérité a frappé trop fort ton esprit.

Dans le fond, tu le savais depuis longtemps déjà, tu préférais te voiler la face en te persuadant que c'était le fruit de ton imagination, qu'il sortait de ma chambre tardivement parce qu'il me lisait une histoire. C'est bien ça ?

Le véritable calvaire a commencé quand Boubacar a décidé que Coumba dormirait avec Sékou et que j'avais désormais l'âge d'être seule dans ma chambre. Il a annoncé ça à table, je t'ai regardée avec toute la détresse du monde. J'ai cherché un appui, un geste de soutien, mais je n'ai eu pour réponse que ta seule indifférence. Je n'avais pourtant pas la réaction qu'on attend chez une adolescente qui a enfin sa propre chambre. Non, les quatre murs à la peinture jaune écaillée s'apprêtaient à renfermer des nuits de calvaire. Nous nous sommes éloignées, j'ai bien saisi que tu ne supportais plus ne serait-ce que d'effleurer ma main. Comme si toucher mon corps te renvoyait à l'insoutenable réalité.

Ce matin de septembre, lorsque j'ai vu Boubacar déshabiller du regard Coumba, j'ai endossé le rôle de mère que tu n'as jamais pris. J'ai décidé que ce serait la fin.

J'ai décidé que je reprenais le pouvoir et que je refusais d'être témoin.

La suite, nous la connaissons. Tes mots dénués de toute empathie : « Elle ment, elle le séduisait sans doute », « Les hommes sont comme ça, Assa est une très jolie fille », « Elle a beaucoup d'imagination ».

À toi désormais de faire preuve d'imagination. Je m'apprête à fuguer. Je ne t'en dirai pas plus, je veux simplement que tu saches que je le fais pour exister. Ton silence m'éteint un peu plus chaque jour. Puisque tu refuses de me voir, je vais prendre de la place dans la rue, cette mère des enfants perdus.

Une dernière chose, je te pardonne. Je sais que tu as voulu nous offrir une nouvelle aventure, la possibilité de prendre le large. Tu as passé l'essentiel de ta vie au Mali, ce pays coule dans tes veines et sa poussière rouge te manque chaque jour. Le poids de la tradition et de la culture affaisse tes épaules et rend ton cœur opaque. Tu as fait le choix de la soumission, je fais celui de l'émancipation.

Sache que si Boubacar remet un orteil dans ta maison, ma rage retentira jusqu'à Bamako. C'est une menace, oui.

Ta fille

PS : Je suis restée digne.

Céline

Est-ce que je dois prendre un maillot de bain ? Une couverture ? Des talons ? Je n'arrive pas à me décider. Quand j'allais à l'école, et même encore au collège, les autres étaient toujours excités le dernier vendredi avant les vacances. Chacun racontait son programme, entre ceux qui partaient au camping, chez leurs grands-parents ou au centre de loisirs. Pour moi, ce moment était toujours angoissant. Pendant longtemps, Mme Tesson m'a inscrite à des colonies de vacances. L'horreur, je me faisais virer au bout de trois jours. Je me souviens qu'une année, lorsque ma mère était dans une « bonne phase », elle avait eu l'autorisation de me prendre chez elle le premier week-end des vacances. Tata m'avait déposée à l'ASE, ma mère était venue me chercher pile à l'heure. Elle avait un grand chapeau de paille et un sac de plage. Nous avions passé le samedi à la base de loisirs, avant d'aller manger chez McDonald's le soir. J'étais tellement heureuse, je n'arrêtais pas de demander à maman quelle heure il était, le temps passait trop vite. Je voulais appuyer sur le bouton pause. Elle m'avait redéposée chez Tata pile à l'heure le dimanche après-midi. L'expérience avait été si positive que je n'arrêtais pas de saouler Mme Tesson pour programmer un autre week-end, ce qu'elle a fait, le mois suivant.

J'avais préparé mon sac avec Tata. J'attendais dans la salle d'attente de l'ASE, comme toujours. Maman était arrivée en retard. Pas de chapeau de paille ni de sac de plage, mais une dégaine de clocharde. J'avais perçu de l'inquiétude dans le regard de Tata. Elle avait raison. Nous avions passé le week-end enfermées dans le noir. Ses potes avaient débarqué avec des packs de bières. Ils fumaient beaucoup. J'étais restée le week-end entier devant la télé, à manger des céréales. Le dimanche à 21 heures, j'étais allée la réveiller dans sa chambre. Je me doutais que Tata devait être très inquiète de ne pas me voir rentrer à la maison. « Je suis trop fatiguée, je te dépose demain », avait-elle répliqué avec son haleine de chacal. Résultat, les flics étaient venus me chercher en pleine nuit. Je n'ai plus jamais repassé un week-end avec elle.

Depuis, préparer un sac de vêtements continue de me faire flipper. Je décroche une photo de Tata et je la range précieusement dans la poche intérieure. Assa et Lina imaginent que je n'ai rien capté. Je ne suis pas conne, je sais bien qu'elles m'ont proposé de faire cette fugue uniquement parce que je suis la seule à avoir de la thune. Aucune amitié qui tienne dans un foyer. Mais ce n'est pas grave, je vais faire comme si de rien n'était, c'est bon de ne pas être seule.

Lina

J-1 ! Mon sac à dos est sous mon lit, mon argent de poche enroulé dans une chaussette et le plan de la fugue dans une pochette plastifiée. J'ai volé une boîte de Doliprane, on ne sait jamais.

22 heures, je me couche. C'est bizarre, je ne ressens pas le poids habituel de la colère, juste sous mon nombril. Ça ressemble plutôt aux pétards de la Foire du Trône, des petites explosions d'excitation dans mon ventre. Je ferme les yeux avec la conviction que c'est ma dernière nuit dans ce putain de foyer.

Je choisis le meilleur son possible pour m'endormir.

« J'me barre ! Ciao Ciao le foyer j'me barre
J'm'en vais respirer autre part !

J'change de ville quand j'veux, élue sans domicile
J'vagabonde les yeux ouverts, l'enfant des rues est en visite
Sous pression car ma juge est en colère
Laissez-moi vivre t'façon j'ai plus le droit d'aller au collège
Alors merde ! Aujourd'hui j'ai 14 piges, je fugue depuis un bout de temps
La vie m'éduque et la vadrouille m'ouvre l'esprit
Les rencontres m'apprennent bien plus que leurs profs
Bref c'est l'école de la vie, à l'air libre,
Là où le ciel est l'toit
Entre ciment et belle étoile* »

---

* Keny Arkana, « J'me barre », extrait de l'album *Entre ciment et belle étoile*, 2006.

Quatrième partie

Assa – 4 décembre

C'EST ÉTRANGE À QUEL POINT les tout petits gestes du quotidien, ceux qu'on fait chaque jour de façon automatique, prennent une autre saveur à l'approche du danger. Comme tous les matins, je mange mes deux tartines de faux Nutella, accompagnées d'un verre de jus d'orange. Cassandre est de mauvaise humeur, elle tapote ses ongles sur la table, Sonia hurle depuis sa chambre « C'est bon j'arrive ! » et Brice râle car il ne trouve pas les clés du Trafic. Pourtant, ce banal petit déjeuner du 4 décembre 2019 restera gravé dans ma mémoire.

Lina est en face de moi, imperturbable. Hélène lui pose des questions sur sa journée auxquelles elle répond sans une once d'hésitation.

« Lina, tu n'as pas cours cet après-midi, c'est bien ça ?

— Ouais, y a moyen qu'on aille chez Cultura, j'ai besoin de peinture pour un devoir d'arts plastiques ?

— Je pense que ce sera possible, oui. »

Céline arrive en retard, comme d'habitude. Je ferme le portail du foyer : en me retournant vers le pavillon blanc, j'ai le cœur qui bat à mille à l'heure. J'envoie un message à Sarah : « M'attends pas, j'ai un truc à faire. À toute bisous », avant d'éteindre mon téléphone. Nous avons rendez-vous dans le train de 8 h 12, dernier wagon. Je fais un petit détour par le bureau de Poste. Je glisse d'une main tremblante l'enveloppe au nom de *Mariam Coulibaly* dans la boîte jaune et reste figée quelques secondes, avec le sentiment d'avoir accompli un acte déterminant pour le reste de ma vie. Je n'avais pas ressenti cela depuis trois ans, lorsque j'avais pris une grande inspiration avant de frapper à la porte de l'infirmerie du collège : « Bonjour madame, j'ai quelque chose à vous dire. »

Ma peur s'était estompée au fur et à mesure, ma parole se libérait et j'étais ressortie du bureau le cœur étonnamment léger.

Céline

À l'abri des regards, je récupère discrètement mon sac à dos que j'ai caché hier soir dans le jardin. Avec ma réputation de fugueuse, impossible de franchir la porte du foyer trop chargée, je risquerais d'éveiller les soupçons. Les éducs ont un petit côté enquêteur, ils peuvent se faire des films avec presque rien. Ils te posent tout un tas de questions en permanence, et toi tu répètes cent fois les mêmes choses.

Le pire, c'est lors des entretiens d'admission. Comme j'ai fait quasiment tous les foyers du neuf cinq, je me farcis à chaque fois leur interrogatoire. « Céline pourquoi es-tu placée aujourd'hui ? Et quel lien entretiens-tu avec ta mère ? Depuis combien de temps tu ne vas plus à l'école ? Qu'est-ce qui s'est passé dans ton ancien foyer ? blabla. » Mais en vrai, ils savent tout ça, ils ont mon dossier, avec tous les rapports de Mme Tesson.

Puis ils te bassinent avec le règlement, le projet individualisé, bref tous ces papiers que seuls les enfants placés connaissent. J'ai seulement seize ans, mais j'ai déjà signé tout un tas de contrats : contrat de séjour, contrat de conduite...

Peu d'éducateurs comprennent comme c'est blasant : raconter ta vie de merde et te souvenir à chaque fois combien tes parents sont flingués. Ensuite, ils te collent une petite étiquette : la violente, la fugueuse, la fumeuse ou que sais-je encore. Tu n'as pas vraiment d'autres choix que de correspondre à l'image qu'ils se font de toi. Moi, si j'étais directrice d'un foyer, j'interdirais aux éducs de regarder le dossier des jeunes. Je ne ferais pas d'entretien d'admission ou un truc genre « t'écoutes quoi comme musique ? t'as une passion ? ». Je surprendrais les jeunes ; c'est ce que nous attendons tous, être surpris.

Les portes du RER sonnent quand j'arrive sur le quai de la gare. J'ai réussi à choper le train in extremis. J'aperçois au loin Lina et Assa.

« Wesh meuf, j'ai cru que tu nous avais foutu un plan, t'as dit quoi à Hélène ?

— J'ai fait la mytho en expliquant que je voulais commencer à penser à mon avenir. Je lui ai dit que j'avais envie d'aller seule à la mission locale et que je lui raconterais à mon retour ce qui s'était passé pendant ma dernière fugue. C'est passé crème.

— Quand même, les pauvres ils vont s'inquiéter, intervient Assa.

— Commence pas Assa, putain ! » coupe Lina d'un ton sec.

L'organisation de Lina m'épate, elle a pensé à tout. Arrivées à Gare du Nord, elle sort la pochette de l'itinéraire de la fugue. À l'intérieur, elle a imprimé tout un tas de documents : plan, noms d'hôtels, horaires de trains et de bus, prix des billets. Elle nous distribue à chacune un exemplaire avant de se lancer dans son speech.

« Les filles, c'est maintenant que les choses sérieuses commencent. On va devoir respecter des règles indispensables.

— T'es relou avec tes discours là, wesh on dirait le règlement intérieur du foyer.

— Ta gueule et écoute. Pour le moment, on met toutes nos portables en mode avion. Enlevez la géolocalisation aussi. Pour le premier trajet, pas le choix, on doit acheter un billet. À ce qu'il paraît, y a trop de contrôleurs dans les trains Paris-Lille. J'ai 100 euros d'économies, j'ai de quoi payer trois allers. Peut-être que les vendeurs cassent les couilles quand on est mineur, donc Assa c'est toi la daronne, tu vas les acheter en cash au guichet, et surtout tu fais la meuf détendue. Une fois dans le train, Céline tu as une heure pour nous briefer sur ce soir. Sans la thune de Malik, on est foutues. Des questions ?

— On peut manger un tacos ce midi ?
— Putain, t'es sérieuse toi avec ton tacos ? me répond Lina.
— On va dormir où ce soir ? demande Assa.
— Tout dépendra du bif qu'on arrive à pécho à Malik. »

Est-ce que je dois leur préciser que Malik est un mec violent ? Que mon coquard c'était lui ? Je choisis de ne rien dire. Assa revient avec un grand sourire et les trois billets en éventail dans la main.

« Bien ouej Assa ! » s'écrie-t-on en chœur avec Lina.

Pas de temps à perdre, à peine assise dans le train, je leur explique le déroulement de la soirée.

« Malik vient nous prendre devant la gare à 17 heures. Il sera avec ses deux potes de Belgique, Jonathan et Farouk. On ira ensuite dans l'appartement de l'un des gars. J'y suis déjà allée. Les soirées commencent toujours de la même façon, musique, shit et alcool. Vous ferez semblant de boire, semblant d'être bourrées.

— Je n'ai jamais bu, moi, je ne sais pas faire, objecte Assa.

— C'est simple, tu rigoles fort à toutes leurs blagues. Tu te lèves pour danser et tu répètes “oh là là je suis bourrée”. Ils n'y verront que du feu. Malik a toujours la même routine. Ils ramassent en avance l'argent des gars, et il part le cacher dans les toilettes, derrière la cuvette.

— T'es sûre de toi ? On fait quoi s'il change de planque ?

— T'inquiète, depuis que j'ai commencé à bosser, dans chaque hôtel, chaque nuit, il se barre aux toilettes. Il ne sait pas que je le sais. Malik va certainement faire le gars tout gentil, à l'écoute. C'est ce qu'il a fait avec moi au début. Il va vous donner des tarifs en vous expliquant que c'est lui la banque et que vous avez l'argent à la fin du mois. Ce soir, c'est un test pour lui, il va observer comment vous gérez. Pour l'impressionner, vous allez lui proposer direct un plan à quatre. Les clients adorent ça. Moi, je me chargerai d'occuper Malik. Je préfère vous prévenir les meufs, ils auront les mains baladeuses direct. Repoussez-les tranquillement en leur disant que la suite arrive. À mon signal Lina, tu feras mine de vouloir te remaquiller, on ira toutes les deux aux toilettes. On cachera la thune sur nous, en en laissant un peu.

« À partir de cet instant, il faudra être hyper efficaces. Lina et Assa, vous leurs banderez les yeux. Je préfère être très claire avec vous, va falloir jouer les actrices, touchez leurs corps et embrassez-les. On doit garder le contrôle.

— Et toi tu feras quoi ? Comment on sort de la chambre ?

— Moi j'ai l'habitude, t'occupe pas de moi. Vous les allongez sur le lit, en leur disant que vous avez une petite surprise à aller chercher. Je serai dans le salon avec Malik. L'une de vous lui proposera de venir. Ce bâtard ne pourra pas résister. Vous le ramenez dans la chambre. Ils seront déjà bien défoncés, j'augmenterai le volume de la musique. On attend que Malik soit sur le lit pour leur dire de ne pas bouger car on a une autre surprise. Et là, on se barre. On prend un taxi, et on prie pour qu'ils ne nous retrouvent pas. »

Le visage d'Assa se décompose. J'ai peur qu'elle fasse tout foirer. Lina ne sourcille pas, aucune émotion, elle paraît plus déterminée que jamais.

« On va bien les niquer ces connards. On pourra ramasser combien tu penses ?

— Une soirée comme ça, avec trois filles, je pense que c'est environ 500 euros. Mais Malik a toujours plus de cash sur lui. On peut pécho 1 000 euros. De toute façon, ce n'est même pas du vol, il me le doit cet argent. »

Un silence pesant s'installe. Chacune de nous prend la mesure de la soirée qui nous attend. Lina et Assa sortent tout un tas de feuilles blanches pour commencer à écrire leurs slogans chelous. Je ferme les yeux, la journée va être longue…

Lina

Une tuerie les gaufres de Lille ! Céline et moi on voulait se taper un bon McDo, mais Assa a insisté pour que « nous commencions par goûter la spécialité de Lille ». À croire qu'on fait une fugue culinaire ! Mais j'avoue, c'est trop bon. On s'est posé dans un petit salon de thé, le genre d'endroit où je n'ai jamais foutu les pieds. Assa a sorti sa pochette MLF.

« T'es sérieuse toi à ramener tes devoirs en fugue ?

— Mais ça peut nous aider, Lina, pour les slogans, je me disais qu'on pouvait s'inspirer de ceux de l'époque.

— T'as des idées ?

— Oui regarde j'ai fait une liste. »

IL Y A PLUS INCONNUE QUE LA FEMME DU SOLDAT
INCONNU, SA FILLE PLACÉE.
JEUNES FILLES PLACÉES, QU'ON CONTINUE À GARDER LE SILENCE ? Y A PAS MOYEN DJADJA !
AIDE SOCIALE À L'ENFANCE : JE NE VEUX PAS ÊTRE
PROTÉGÉE, JE VEUX EXISTER.
AIDE SOCIALE À L'ENFANCE TU CONNAIS ? NON ?
NORMAL #JEUNESSEINVISIBLE
MINEURES PLACÉES, PRENONS DE LA PLACE.
FOYER POUR FILLES, MAISON DU SEXISME.
LES ADOLESCENTES DANS LA RUE. MOUVEMENT
DE LIBÉRATION DES FEMMES, CHAPITRE 2
MINEURE PLACÉE, JAMAIS À SA PLACE.
TU VEUX QUOI POUR NOËL ? EXISTER.
#JEUNESFILLESPLACÉESENCOLÈRE

« Ça a de la gueule, j'aime bien.
— Et toi Lina, t'as une liste ?
— Vite fait… »

J'ME BARRE. CIAO LE FOYER J'ME BARRE,
JE M'EN VAIS EXISTER AUTRE PART.
« T'ES VIOLENTE POUR UNE FILLE »,
« T'ES SEXISTE POUR UNE JUGE »
JE SUIS UNE JEUNE FILLE PLACÉE. REGARDE-MOI
AVEC DIGNITÉ, JE NE VEUX PAS DE TA PITIÉ.
JE NE VEUX PLUS FAIRE LE BONHOMME
POUR MARCHER SEULE DANS LA RUE.

« C'est bien ! J'ai acheté un gros pinceau, de la colle et une ramette. T'as des marqueurs ?

— Ouais c'est bon. On commence cette nuit. Notre train pour Strasbourg est à 8 heures demain. »

J'appréhende la soirée. Je ne peux pas en parler aux filles, elles ne doivent surtout pas percevoir un doute dans mes yeux. Céline nous a prévenues, ils vont poser leurs mains de gros porcs sur notre peau. Depuis que mes seins ont commencé à pousser, j'ai caché tout ce qui s'apparentait à des signes de féminité. Durant toute mon enfance, la féminité me renvoyait à une forme de faiblesse. Mon géniteur reprochait à maman d'être moche et de ne pas faire attention à elle. Plus d'une fois, en rentrant du travail, il lui balançait une grosse gifle car elle ne s'était pas maquillée. « Ça t'apprendra à être moche. » Le lendemain, lorsque son œil virait au violet, comme Céline la semaine dernière, il commentait d'un air moqueur : « Ah bah voilà, un fard à paupières naturel. »

Depuis, je ne supporte pas qu'un homme me désire. Je dissimule mes cheveux sous une capuche, et je cache mes formes derrière des vêtements larges. Les garçons du collège ne me regardent pas, mais un jour, je suis venue avec un jean moulant, l'un d'eux m'a dit que j'avais « un boule chanmé ». Je lui ai balancé une gifle aussitôt. Plus la violence s'installe dans mon corps, plus j'ai peur de ressembler à mon géniteur. Depuis que ce projet de fugue est dans ma tête, j'ai le sentiment de trouver une nouvelle façon de répondre à mes élans de colère.

Céline nous demande d'être sexy. Qu'est-ce que ça veut dire ? Porter une robe ? Faire des compliments ?

Je me suis toujours refusée à jouer la meuf pour obtenir quelque chose, et voilà que je m'apprête à faire tout le contraire. C'est pour une bonne cause, mais je ne suis pas sûre d'en être capable… Il est 17 heures, Malik est là.

Assa

Je rigole fort, je souris bêtement et je bouge les épaules. J'ai toujours eu le sens du rythme, mais ce soir, les musiques afro ne me font pas voyager dans les makis de Bamako. L'appartement est glauque, l'odeur de tabac froid me donne la nausée. À moins que ce soit l'effet de la main de Farouk qui remonte lentement sur ma cuisse. J'ai l'impression d'être sur une autre planète. Au-delà du dégoût, une tristesse m'envahit : l'effroyable réalité du quotidien de Céline. C'est donc à cela que ressemblent ses fugues, des mecs tout-puissants qui profitent de sa détresse. Céline se trémousse devant Malik, il la regarde avec envie, elle le regarde avec amour. La prof d'histoire nous a dit un jour que la prostitution était le plus vieux métier du monde. Beaucoup d'entre nous s'étaient insurgés, en disant que cela n'était pas normal. Sa réponse m'avait marquée : « Tout est une question de choix. Il y a autant de prostituées que de façons de se prostituer. La vie est bien trop complexe pour en faire des généralités. » Ce qui est certain, c'est que Céline est manipulée.

Les filles sont dans la salle de bains – normalement en train de récupérer l'argent.

« Elles sont longues tes copines, dis donc, tu crois qu'elles aimeraient que je les rejoigne ? » demande Farouk.

Prise de panique, j'improvise une petite danse sur la table. Les secondes me paraissent interminables.

« Alors ça valait le coût d'attendre, non ? »

Lina est méconnaissable, ses longs cheveux bouclés tombent le long de sa nuque, sa bouche est peinte d'un rouge à lèvres couleur framboise et ses yeux noirs dessinés au khôl lui donnent un regard ténébreux. Sa beauté n'échappe pas à Malik.

« Lina, je sens qu'on va se faire beaucoup de cash, toi et moi. Mais avant j'aimerais bien goûter à ce rouge à lèvres.

— Ouais, on en reparlera, répond-elle.

— J'aime bien ton petit air de sauvageonne. »

Malik la mate de la tête aux pieds. J'arrive à ressentir le dégoût de Lina et toute la force dont elle fait preuve pour ne pas l'insulter. Cette fugue lui tient vraiment à cœur pour accepter ça...

« Un plan à quatre pour commencer, ça vous tente ? »

Céline

Malik n'en a rien à foutre de moi. Il ne s'est même pas excusé pour le coup de poing, ni pour tout le reste d'ailleurs. Il n'a d'yeux que pour Lina et moi je n'existe pas. Plus rien. J'ai l'habitude de faire ce genre de soirées en m'enfumant le crâne, aujourd'hui j'ai juste tiré une ou deux taffes. Je fais semblant d'être défoncée mais, dans le fond, la réalité me cogne. C'est bien plus simple quand je plane.

« T'en as d'autres des copines comme elles ? Elles vont cartonner. Tu vois c'était pas compliqué. »

Je suis jalouse. Lina est plus belle, Assa plus intelligente. Et moi, invisible.

Lina

J'ai envie de tous les éclater, d'en prendre un pour frapper l'autre. Mais j'ai des billets plein le soutif. Céline avait raison, ce bolosse cache ses thunes à l'arrache derrière la cuvette. 500 euros sur moi, l'autre moitié sur Céline. Je ne comprends pas cette fille, elle avait limite de la peine pour lui. Je voulais prendre la totalité du cash, mille cinq cents, et écrire sur un dernier billet de dix balles : *À ton tour d'être baisé connard*, mais Céline a refusé. Elle a préféré passer dix piges à me maquiller. Je me suis à peine reconnue dans le miroir. Je ressemblais à ma mère.

Assa s'en sort plutôt bien je trouve, sous ses airs d'intello elle bouge bien son corps. On bande les yeux des deux connards. Je n'arrive pas à les embrasser sur la bouche, c'est au-delà de mes forces. Je me contente de toucher leur torse, avant d'aller chercher Malik.

« Ça te dirait de te joindre à nous ?

— Attends il est bien avec moi. C'est lui le boss, c'est lui qui décide », intervient Céline.

Mais qu'est-ce qu'elle fout bordel ! Elle va tout faire foirer. Je savais qu'on ne pouvait pas compter sur elle.

« Le boss décide quoi ? j'insiste.

— Viens me chercher. »

J'attrape sa main de gros porc en me répétant que c'est bientôt la fin. Nous voilà tous dans la chambre. Je n'ai qu'une peur, que Céline nous lâche. Assa me lance un regard de désespoir. Céline saisit une bouteille de vodka.

« Bon maintenant allongez-vous, un shot chacun. Tout le monde, j'ai dit ! »

La gorgée me brûle l'estomac. La situation nous échappe. Céline reprend.

« Maintenant, une dernière surprise, mais ça demande cinq minutes de préparation. Je vous mets un son de Vegedream en attendant. À tout de suite ! »

« Ceux qui m'ont négligé ont eu tort,
C'est mon année
Ceux qui m'ont négligé ont eu tort,
C'est mon année ! »

On se barre sur la pointe des pieds, j'ai le cœur qui tambourine. Je n'ai jamais autant flippé. Une fois dans la rue, on se met à courir comme des tarées, en filant dans les petites rues. Je ne veux pas me retourner.

Céline

Lina et Assa courent devant moi. Putain, si je continue, je perds Malik, c'est mort.

Assa se retourne :

« Céline, allez ! Donne-moi ton sac si tu veux et cours putain ! »

Assa

L'ambiance est glaciale dans le taxi. Je suis assise au milieu de Lina et Céline, chacune regarde par la vitre en silence. Céline a la joue toute rouge, il faut dire que Lina n'y est pas allée de main morte. Si elle lui avait filé cette gifle au foyer, les choses auraient dégénéré, Céline aurait riposté et toutes les filles s'en seraient mêlées. Mais elle est restée stoïque, elle devait avoir conscience de nous avoir fait frôler la catastrophe. Je me suis contentée de crier : « Lina bordel tu te calmes ! Vous montez dans ce taxi tout de suite avant que l'autre taré nous retrouve ! » Elles sont montées sans broncher.

« Je répète ma question, je vous emmène où ? demande le taxi.

— On va où, Lina ?

— Bordel Lina répond, insiste Céline.

— À la gare.

— Mais c'est risqué, non ? Malik va forcément aller nous chercher là-bas, s'inquiète Assa.

— Allez en direction de la gare, monsieur, je vous indiquerai les derniers mètres, conclut Céline.

— Parce qu'on est censées te faire confiance maintenant ? intervient Lina.

— Et toi avec ton idée toute pétée d'attendre à la gare ! Il est 3 heures du mat, il fait froid et notre train est dans trois heures. Si les keufs nous repèrent, ils nous embarquent direct. Puis Assa a raison, c'est possible que Malik vienne nous chercher dans le coin. »

Le chauffeur ne cesse de nous dévisager dans son rétroviseur. Céline lui dit de nous laisser devant un petit immeuble, pas loin de la gare. Elle compose le digicode et la porte s'ouvre.

« Mais comment tu connais le code ? On est chez qui ?

— Chez personne, je vous ai dit que j'étais déjà venue à Lille. Je repère toujours un endroit où je peux me réfugier pour passer la nuit si je me retrouve en galère. Vieux réflexe de fugueuse. Il suffit d'attendre que quelqu'un entre, retenir le code et voilà.

— Genre t'arrives à retenir le code ? balance Lina d'un ton hautain, trop fière pour avouer que Céline nous sauve la mise.

— Bah ouais, la preuve. Je suis peut-être nulle en maths mais j'ai la mémoire des chiffres. »

Nous nous posons dans la cage d'escalier du dernier étage. Le sol recouvert de moquette rend notre cachette plutôt confortable. C'est pas les vieux immeubles d'Argenteuil à l'odeur de pisse.

« Vous avez réussi à avoir combien ?

— 1 000 euros, répond Lina.

— Bravo ! Allez c'est bon, arrêtez de faire la gueule comme ça, on a réussi !

— On aura réussi quand on aura fait nos premiers collages. »

La détermination de Lina ne fléchit devant rien. Méticuleusement, elle sort les marqueurs et les feuilles blanches.

« Lina tu ne veux pas qu'on commence demain ? Je suis crevée, il fait froid.

— Fais ce que tu veux, je le ferai toute seule s'il le faut. »

Contre toute attente, Céline va s'asseoir à côté de Lina.

« Est-ce que vous avez choisi votre premier slogan ? demande-t-elle.

— Non, répond Lina.

— J'ai peut-être une idée, enfin si vous acceptez…

— Dis toujours.

— *Adolescentes placées, adolescentes prostituées, jusqu'à quand ?*

— Pas mal, lâche Lina. On fait ça.

— Je valide également. »

Nous voilà toutes les trois en train d'écrire au marqueur les premiers mots de notre colère. Sans musique, sans bruit, sans parole, juste notre engagement. Nous nous appliquons à colorier en noir l'intérieur de nos lettres, comme si cet acte enfantin nous replongeait dans les raisons profondes qui nous ont amenées dans cette cage d'escalier. Dans le silence, je devine une pensée commune : le souvenir de cette nuit. Nous devions commencer par vivre ensemble cette expérience humiliante pour comprendre une autre réalité, celle de Céline.

Notre premier collage est là, face à nous, sur la façade de ce bel immeuble. Pour vivre ici, j'imagine qu'il faut avoir une belle situation, aller au travail tôt le matin, emmener ses enfants à l'école. Loin, très loin, du quotidien des enfants placés. Je suis certaine qu'ils parlent encore des « enfants de la DDASS » alors que c'est devenu l'ASE il y a presque dix ans. Comme quatre-vingt-dix pour cent de la population. Évidemment, puisque nous sommes invisibles.

Lina – 5 décembre

Je n'ai pas sommeil, je n'ai pas faim, je n'ai pas soif, je n'ai pas froid. Je suis vivante. Assa et Céline se sont écroulées de fatigue dans le train direction Strasbourg. Mais moi, mes yeux sont grands ouverts. Déjà, parce que nous n'avons pas de billet et que je dois guetter les contrôleurs, ensuite parce que je suis toujours sous le choc. Dans les petites toilettes du TGV, je tente d'effacer à l'aide d'une lingette démaquillante les restes de cette soirée. J'ai compris le sens de l'expression « femme objet » entre les quatre murs de cet appartement. J'ai compris la détresse de Céline. Malik la tient par les sentiments, il n'y a pas plus facile à manipuler qu'une ado en mal d'amour. Elle serait prête à tout accepter. Je ne l'ai pas uniquement giflée parce qu'elle nous a mises en danger, je l'ai giflée pour qu'elle se réveille. Son slogan, c'était sa façon de dire qu'elle avait compris mon geste. Quand mes doigts ont frappé son visage, je voyais également celui de ma mère. Combien de fois ai-je pensé à la secouer pour qu'enfin elle réagisse ? La colère logée dans le bas de mon ventre tapait dans tous les sens. Comme par magie, lorsque j'ai fait glisser le pinceau sur les feuilles blanches contre la façade de l'immeuble, ma rage s'est extirpée peu à peu de mon corps pour venir, elle aussi, se coller sur ce mur gris.

J'ai quinze ans et je crois que c'est la première fois que je concrétise un projet. Non, en fait c'est tout simplement la première fois que *j'ai* un projet. J'ai une petite pensée pour ma juge qui avait conclu la dernière audience par : « Lina, montre-nous que tu mets quelque chose en place. » Voilà madame la juge, je mets en place une révolte.

La chance est avec nous, nous arrivons à Strasbourg sans avoir été contrôlées. Apparemment nous ne sommes pas les seules à vouloir nous faire entendre, les contrôleurs aussi sont en grève. Assa et Céline ont dormi tout le long, mais c'est elles qui commencent à râler à peine arrivées à la gare !

« J'en peux plus moi, il est où l'hôtel ?

— Je suis fatiguée, je pue de la gueule et je veux me doucher.

— On arrive quand ?

— Bande de relous, je vous ai donné le plan de la fugue à vous aussi ! »

Si je retourne un jour au foyer, je me fais la promesse de ne plus faire chier les éducs quand on part en transfert. Je n'avais pas réalisé à quel point c'est long et chiant de tout planifier. Ces deux-là n'ont rien foutu et elles trouvent en plus le moyen de se plaindre !

« Vas-y, on prend un taxi, dit Assa.

— Pourquoi on commande par un Uber plutôt, c'est moins cher ?

— T'es bête ou quoi Céline, on n'a pas Internet, je te rappelle. »

Plus nous nous rapprochons de l'hôtel, plus le paysage qui défile par la vitre m'est familier. Des grandes barres d'immeubles, des arrêts de bus avec des mecs en dessous et une tonne de kebabs. J'aperçois un panneau publicitaire *E. Leclerc, NEUHOF, tout droit à 5 min.*

« Les filles regardez on est dans le quartier du Neuhof !

— T'es chelou toi, on dirait tu nous parles d'un monument genre l'Arc de triomphe. C'est une cité, wesh. T'es déjà venue ?

— Non mais c'est Abd al Malik qui en parle souvent dans ses textes.

— Abd al quoi ? C'est qui ? Un écrivain ? Il est en vie ?

— Mais non c'est un rappeur !

— Je le connais moi », dit Assa.

Nous arrivons devant l'hôtel, en pleine zone industrielle.

« Dire que vous m'aviez parlé d'une fugue vacances. C'est quoi cet endroit tout pété ? Putain Lina, tu nous fais quitter les cités du neuf cinq pour découvrir celles de Strasbourg !

— Si t'es pas contente Céline, va en centre-ville ! Tu vas payer cent boules ta nuit. Strasbourg, c'est une ville de riches et c'est hyper touristique en décembre, j'ai vu ça sur Internet.

— Oui, le marché de Noël, précise Assa.

— Oh on y va après, les filles ! s'exclame Céline.

— Bref, pour le moment on a trois têtes flinguées et on ne doit pas se faire cramer. Assa, tu demandes une chambre triple.

— Et je fais comment s'ils veulent une pièce d'identité ?

— Je sais pas moi, t'improvises.

— T'es marrante toi.

— Si c'est un mec à l'accueil, tu fais des grands sourires, tu touches tes cheveux, enfin tes faux cheveux de renoi, et puis voilà ! » dit Céline.

On éclate toutes de rire, c'est peut-être aussi un peu la fatigue. Mais dans le fond j'hallucine, même après cette nuit, Céline réfléchit encore en mode séduction.

Assa se dirige vers l'accueil. Elle prend un air à la fois sérieux et détendu. Quand elle parle, tu ne peux pas deviner d'où elle vient, elle n'a pas un accent de cité, ni une dégaine de meuf de foyer. Un vrai caméléon !

« Bonjour, ce serait pour prendre une chambre pour cette nuit.

— Vous n'aviez pas fait de réservation ?

— Non, c'est vrai que cette escapade est improvisée. Nous venons de Lille, une surprise pour mes deux petites voisines qui rêvent de voir le marché de Noël de Strasbourg. On s'est levées à l'aube.

— Très bien. Une pièce d'identité, s'il vous plaît.

— Oui bien sûr. »

Céline me file des gros coups de coude. Je m'arrête de respirer. Assa fait semblant de chercher dans son sac, elle sort son porte-monnaie comme si de rien n'était.

« C'est pas vrai ! Oh non ! Les filles, vous êtes pénibles ! Vous avez dû la faire tomber de mon portefeuille en allant vous chercher un jus d'orange dans le train. C'est pas possible ça ! Vraiment ! »

Céline et moi restons bouche bée, quelle actrice !

« Bon écoutez madame, exceptionnellement vous allez remplir la fiche sans que je ne vérifie votre pièce d'identité.

— Comme c'est gentil ! Merci beaucoup, monsieur. »

Décidément, Assa est pleine de surprises. Le gars nous indique la chambre. Je m'écroule dans le lit.

Céline

Assa et Lina dorment déjà. Moi, j'ai besoin d'aller me doucher. Depuis que je bosse avec Malik, j'ai pris l'habitude de me laver dès que j'ai fini ma nuit. Lorsque l'eau chaude coule sur mon visage, elle emporte avec elle mes larmes. Je me répète que je ne pleure pas mais que je prends une douche, et c'est plus simple. Très souvent, je parle seule, je m'imagine tout un tas de discussions. Je me fais des scénarios dans lesquels j'ose dire ce que je ressens. Aujourd'hui, je parle dans la douche de l'hôtel en m'adressant à Lina et Assa.

« Je n'ai pas voulu tout faire foirer, les filles. Vraiment. Quand j'ai vu Malik te regarder avec tout ce désir, Lina, j'ai buggé. Je pensais qu'il m'aimait mais une fois de plus, je me suis sentie abandonnée, utilisée... Évidemment, les cadeaux je kiffais, mais ce que je préférais, c'était avoir Malik avec moi, ses petites attentions. Alors ouais, j'ai hésité. Je me suis demandé si ce n'était pas plus simple de continuer à faire semblant. Cette soirée, c'était dire adieu à Malik et à mon quotidien. Je n'ai rien d'autre. Alors oui, j'ai hésité mais j'ai choisi, je continue à coller des lettres. »

J'ai continué mon monologue, cette fois-ci en m'adressant à mon père.

« La seule chose que nous partageons est un nom de famille. Je n'ai aucun souvenir avec toi, je ne connais ni le son de ta voix, ni la taille de tes mains, ni l'odeur de ta peau. Je me suis inventé toute mon enfance le père que tu devais être : je t'imaginais beau et grand, je me racontais que tu étais parti pour une mission secrète au bout du monde. J'ai attendu un signe de toi. Lorsque tu es un enfant de l'ASE, deux dates importantes rythment ta vie : ton anniversaire, dont tu espères que l'un de tes parents se souviendra, et puis l'audience annuelle dans le bureau du juge des enfants, où tu espères que l'un de tes parents se pointera.

« J'avais huit ans, et maman nous avait étonnés de sa présence. À chaque fois, c'était la même interrogation, est-ce que Mme Virel sera à l'audience ? Maman tenait des propos incohérents, la juge était mal à l'aise. Elle lui avait demandé de se reprendre car elle ne semblait pas être dans son état normal. Et là, maman avait répondu : “C'est la faute de son père, c'est lui qui m'a fait tomber dans le crack dès nos débuts.” Mme Tesson s'était offusquée. Je me demandais bien ce que pouvait être le crack. La juge l'avait fait sortir, maman avait balancé une dernière phrase avant de claquer la porte : “Si Céline a son nom de famille c'est parce qu'il était trop défoncé pour comprendre qu'il était en train de reconnaître son enfant. Deux mois après, il disparaissait de la circulation. J'ai peut-être foiré l'éducation de la petite, mais moi au moins j'ai essayé.” Mme Tesson et Tata m'avaient expliqué avec leurs jolis mots que maman et papa étaient malades. C'est bien plus tard que j'ai compris que tu étais un pauvre drogué incapable d'assumer quoi que ce soit. Je m'étais longtemps persuadée que si je portais ton nom, c'est que tu avais voulu me donner une place dans ta vie. À partir de ce moment-là, dans la cour de récré quand on me demandait où était mon père, je ne parlais plus de mission secrète, je répondais : “Il n'existe pas.” J'espère que tu entendras parler de nos collages quelque part, et que tu te sentiras bien con. »

Assa

Je me réveille en sursaut, complètement désorientée. Il me faut bien cinq secondes pour me souvenir que je suis dans une chambre d'hôtel à Strasbourg. Une fois l'information assimilée par mon cerveau, je me rends compte qu'il est 19 heures. Se réveiller alors qu'il fait déjà nuit, quelle horreur !

Pour la première fois depuis que nous avons quitté Argenteuil, je pense aux éducs, à Sékou et puis à Sarah. L'humain doit être ainsi fait, lorsque l'adrénaline est trop puissante, il se met en mode survie et laisse de côté la culpabilité. Cette vieille copine n'aura pas attendu longtemps pour revenir me rendre visite. Je me sens tellement égoïste de générer toute cette inquiétude.

À voir la bataille d'oreiller qui débute dans la chambre, Lina et Céline sont loin d'avoir les mêmes états d'âme. Lina lance les billets en l'air, Céline saute sur le lit en chantant du Aya Nakamura.

« Tu penses à moi je pense à faire de l'argent, oh djadja, y a pas moyen djadja. »

« On est riches !

— Aïe aïe aïe, c'est qui les patronnes ?

— Allez Assa, viens avec nous !

— Je suis fatiguée.

— Pourquoi tu fais cette tête de blasée, là ?

— Je ne sais pas... Je pense au foyer, à mes amies.

— Assa, arrête de penser aux autres tout le temps comme ça ! Pense plutôt à toutes ces femmes que tu admires, au MLF, tu crois qu'elles n'en ont pas fait des sacrifices ? »

Lina a peut-être raison. Vivre le moment présent, c'est compliqué pour moi. Lorsque je suis bien quelque part, je me demande toujours ce que je suis en train de rater ailleurs. Je n'avais jamais ressenti cela avant mon placement : c'est comme si je m'interdisais d'être épanouie loin de ma famille. Combien de fous rires avec Sékou ai-je ratés ? Combien de films avec Coumba ?

« Alors quelle est la spécialité culinaire de Strasbourg, madame Assa ? demande Céline d'un ton moqueur.

— C'est bon, on goûtera ça demain. Par contre, j'ai vraiment la dalle, McDo ? »

Entre une bouchée de frites et une gorgée de Sprite, nous décidons du programme de la soirée, et surtout des slogans. Lina veut que nous les collions cette nuit au Neuhof. Je ne suis pas très chaude. On a déjà pris assez de risques comme ça la nuit dernière, je nous imagine toutes les trois dans un quartier qu'on ne connaît absolument pas. Mais Lina monte dans les tours immédiatement.

« Tu vois Assa, c'est ça ton problème. Un jour t'es capable de danser sur une table et de jouer l'actrice devant un hôtelier et le lendemain, tu flippes d'aller dans la cité. Rappelle-moi pourquoi on fait tout ça ? Justement pour occuper l'espace. Marcher entre filles dans la rue fait partie des choses qu'on défend ! Tu ne réalises même pas que t'es en train d'accepter la norme : on est trois filles, donc c'est dangereux. Il ne manquerait plus que tu proposes qu'on soit accompagnées d'un mec pour être en sécurité !

— Toi tu fais ton plaidoyer juste pour espérer croiser ton Abd al je ne sais pas quoi ! se moque Céline.

— Ah pour tailler t'es la première. Mais vas-y balance ton avis alors !

— Des jeunes placés, des filles placées, y en a partout. Peut-être que moi j'ai choisi de faire la pute, mais toi Lina, t'as choisi de faire le bonhomme pour marcher pépère dans les rues d'Argenteuil. Si ce que nous voulons c'est pouvoir être nous-même, alors nos slogans doivent être partout, y compris au quartier de Neuhof !

— Po po po, Céline, il t'arrive quoi ? Toi aussi t'as fouillé dans les cours d'Assa ou quoi ? »

Céline marque un point. Je la prenais vraiment pour une paumée, une fille sans cerveau qui finira mal. Mais je la découvre, comme Lina, en fait. On a beau vivre dans le même foyer, on ne se connaissait pas. C'est décidé, nous irons au Neuhof cette nuit.

Lina

Nous approchons du Neuhof, ça fait bien une heure qu'on marche, sans GPS c'est vraiment une galère ! Il y a plein d'immeubles qui se ressemblent tous. C'est fou combien la nuit appartient aux hommes. Nous n'avons croisé aucune fille, juste des groupes de mecs en bas des halls qui doivent se demander ce qu'on fout là. Assa veut accélérer le pas, je lui explique que plus nous marchons vite, plus nous sommes suspectes. Ce qui me fait le plus flipper, c'est de croiser la BAC. Je ne sais pas à quoi ressemblent leurs voitures banalisées. Trois adolescentes dans le Neuhof à 2 heures du mat, ils nous embarqueraient direct !

« Bon les filles, on se décide, on les colle où ? demande Assa.

— Une affiche sur un arrêt de bus et une autre sur un bâtiment au hasard. »

Il fait très froid cette nuit, ce qui est plutôt une chance pour nous. Les rues sont désertes et les petits dealeurs sont sans doute posés à l'intérieur des bâtiments. Nous choisissons le premier arrêt de bus. Céline sort les lettres, cette bouffonne s'amuse à inventer d'autres mots.

« Putain Céline, c'est pas le moment. Bouge !

— Merde les filles, y a deux mecs qui nous fixent là-bas, dit Assa.

— Ils se rapprochent, restez tranquilles. »

Je fais glisser discrètement la colle derrière mes pieds.

« Bah alors les filles, on est perdues ?

— C'est dangereux de sortir comme ça, tard la nuit.

— T'inquiète on attend mon père, je rétorque.

— Parce que ton père il te laisse dans la rue comme ça, il n'a pas peur qu'on te prenne pour une pute ?

— T'inquiète c'est mon mac. Sur ce, va trouver des putes ailleurs.

— Vas-y, tu fais trop la maligne toi...

— Dites à votre copine que la prochaine fois on lui nique sa mère. »

C'était moins une. Assa et Céline sont restées muettes.

« Lina, t'es sûre on colle ici ? On a eu chaud là ?

— Raison de plus, t'as entendu ce que ces mecs ont dit ? » répond Assa.

Je recouvre de colle le slogan *Je ne veux plus faire le bonhomme pour marcher seule dans la rue.* Il ne peut pas mieux tomber.

Nous en collons un deuxième quelques mètres plus loin, sur la plus haute tour de la cité. Personne ne nous a grillées. On repart en direction de l'hôtel, fières de notre coup. À chaque lettre collée, un petit sentiment de fierté grandit en moi. Céline est chargée de prendre chaque collage en photo, histoire d'avoir un souvenir de notre fugue.

« Les filles, on met le réveil à quelle heure demain ?

— On doit libérer la chambre à 12 heures. On se barre après.

— Au marché de Noël ? supplie Céline.

— Vas-y c'est bon, on va y aller à ton marché.

— Ouiii !! Bonne nuit.

— Bonne nuit.

— Bonne nuit, les filles. »

Céline – 6 décembre

« Debout ! Allez debout, il est 11 heures ! »

Je me suis réveillée tellement excitée d'aller au marché de Noël de Strasbourg ! C'était notre rituel avec Tata, chaque premier week-end de décembre, nous allions visiter un marché de Noël de la région parisienne. Je choisissais quelques petits cadeaux que j'offrais à ses autres enfants, enfin je veux dire ses vrais enfants. Tata a eu une vie avant moi, elle a deux grands enfants, qui eux-mêmes ont des enfants. Elle organisait des repas tous ensemble de temps en temps. Quand j'étais petite, j'adorais voir la maison se remplir de monde, mais plus je vieillissais, plus un malaise s'installait. J'avais envie d'une vraie famille, je comprenais que Tata était payée pour s'occuper de moi. En même temps, vu toutes les conneries que je faisais, c'était justifié. Et qu'allait-il se passer à mes dix-huit ans ? Tata ne serait plus payée et elle prendrait un autre enfant ? J'avais beau ressentir tout l'amour que Tata me donnait, ce malaise grandissait.

« Allez les filles debout ! C'est le marché de Noël !

— C'est bon, putain, on a compris ! T'es quand même chelou, Céline. Depuis quand les enfants placés kiffent Noël ? Y a pas pire période pour te rappeler que t'es solo dans ta vie. Les éducs qui travaillent le 25 décembre sont blasés d'être là, ou juste contents de la prime jour férié. Puis t'as les jeunes qui ont l'autorisation pour rentrer en famille. Mais toi, t'es comme nous, au foyer H24. Si au moins tu me disais que c'était pour les vacances, mais même pas, ça fait deux ans que t'es en vacances tous les jours.

— Oui mais justement, les jours se suivent et se ressemblent. Noël, c'est différent, les rues changent, les ronds-points deviennent stylés, avec plein de lumières. En plus, au marché de Noël de La Défense, y a plein de beaux gosses !

— T'es relou !

— Bref, on y va ?

— J'aimerais bien qu'avant on résume le programme de la journée. Demain notre train est à quelle heure ? dit Assa.

— Regardez la feuille de route que j'ai préparée, bordel ! Demain nous prenons le car à 6 heures.

— Whaa, ça veut dire qu'on passe encore la nuit dehors ?

— Ça veut surtout dire qu'on a besoin de ton talent de mémoire de digicode ! »

On a bien galéré dans les transports avant d'arriver dans le centre de Strasbourg. Il y a un monde de dingue ! J'ai l'impression d'être dans un dessin animé. Des stands de bouffe dans tous les sens, de la musique, des marrons chauds !

« Starfoullah c'est quoi ce délire ? dit Lina.

— Mon Dieu c'est magnifique ! s'exclame Assa.

— Téma c'est un truc de ouf ! » je conclus.

Le temps d'un après-midi, nous sommes de simples adolescentes émerveillées. On rit, on chante, on se taquine. Lina m'a même fait goûter du vin chaud ! C'est simple, je ne me crois plus en France. Ma France, c'est celle des RER, des Noctiliens, de Châtelet et d'Aubervilliers. C'est des tacos et un pass Navigo dans la poche. Ici, c'est féerique. Les rues de Strasbourg sont toutes pavées, il y a des petits ponts au-dessus de l'eau. Le seul point commun avec Paris, c'est qu'il y a plein de clochards.

Est-ce qu'à Strasbourg aussi des enfants sont placés ? J'ai du mal à y croire, mais sûrement, la galère n'a pas de frontière. Paris a sans doute tout plein de coins stylés où je n'ai jamais mis les pieds. Pourquoi est-ce qu'il a fallu que je prenne le TGV à cinq cents kilomètres d'Argenteuil pour accepter d'être avec des gens différents de moi ? Je repense à hier soir, est-ce que les gens du Neuhof viennent jusqu'ici ?

« C'est quand même un comble, venir avec mes deux potes musulmanes dans le plus grand marché de Noël de France ! Alors on le kiffe Jésus, hein ? »

On tape une grosse barre. Je me sens… libre.

Assa

Nous venons de vivre deux jours hyper intenses et je sens qu'un lien particulier se crée entre nous. Évidemment, la majorité des gens sont venus ici en famille, mais cet après-midi, je n'ai envie d'être avec personne d'autre que Lina et Céline. Je réalise la distance que j'ai instaurée avec les filles du foyer, comme si leur histoire risquait de faire résonner la mienne. J'ai tout fait pour être la plus normale possible, quitte à être méprisante. Mais c'est peut-être bien avec elles et personne d'autre que je peux me laisser aller. Au milieu du pain d'épice et des churros, nous sommes trois adolescentes. Point final.

Lina

Nous quittons le marché de Noël le bide plein, mais l'esprit léger. Tous ces nouveaux décors, ces spécialités alsaciennes bizarres, on en a pris plein les yeux ! Je n'ai jamais voulu voyager, j'ai trop besoin de mes repères. Traverser Paris jusqu'à la manif a déjà été une épreuve. Mais Strasbourg est encore différente ! Pour commencer, je n'ai jamais vu autant de blonds aux yeux bleus. Mais nous étions trois banlieusardes du Val-d'Oise dans un marché de Noël, et pourtant, je n'ai pas senti de regards méfiants envers nous. Subjuguée par la magie de ce lieu, j'ai oublié de montrer mes crocs, et pourtant, personne ne m'a mordue.

Il y a un an, mon éduc ASE m'avait parlé de m'inscrire à un séjour de rupture. Quelle idée d'appeler ces séjours ainsi ! Comme si nous n'étions pas tous déjà assez en rupture. J'avais décliné l'offre, sans même prendre le temps d'y réfléchir. Je crois que le principe, c'était de partir neuf mois au Sénégal. Évidemment je me suis braquée :

« Qu'est-ce que je vais aller foutre en Afrique ? Vous savez tellement plus quoi faire de moi que vous voulez m'éjecter de la France ? Je dérange à ce point ? »

Elle m'avait parlé de prendre de la distance, de découvrir une autre culture, d'aller aider des personnes et de travailler sur mon projet de retour en France. Aller aider les autres alors que moi-même je ne supporte pas l'aide qu'on m'impose ! À quoi ça servirait à part me prouver que je suis inutile ? Ah oui, que ces gens n'ont rien demandé et qu'ils savent très bien vivre sans moi !

Les éducateurs ne mesurent pas combien les mots qu'ils choisissent sont importants. Si elle m'avait parlé de voyager pour découvrir d'autres paysages, vivre un quotidien différent, ouvrir mes horizons loin d'Argenteuil, j'aurais peut-être étudié la question. Si elle avait remplacé le mot « projet » par « envie » ou « passion » en me disant que j'avais le temps, et que ce sont les expériences vécues qui nous construisent, j'aurais certainement accepté. Je vais lui en glisser un mot à mon retour, en lui disant que depuis que j'ai voyagé en France, je ne veux plus être placée dans un foyer, je veux être en mouvement. Si ça se trouve je trouverais des Sénégalaises pour faire des collages avec moi ?

Nous marchons dans les quartiers proches de la gare, Céline vient de repérer un petit immeuble. En deux temps trois mouvements, elle s'approche d'une dame qui s'apprête à faire le code.

« Ça y est c'est imprimé, A8736B. La vieille m'a demandé ce que je cherchais, je ne savais pas quoi dire, je lui ai dit McDonald's. Elle m'a répondu place Kléber.

— C'est comme dans la chanson d'Abd al Malik ! »

Je me mets à chanter :

« Strasbourg, autour de la place Kléber tournoyaient les autobus blancs et rouges, où ne faisaient qu'un Alsaciens d'adoption, et Alsaciens de souche. Mais qu'on vienne des quartiers périphériques ou du centre-ville, on savait tous qu'on était pareils. On savait tous dire : T'es belle, Strasbourg ! »

Avec tout ce monde dans les rues, nous tardons à rentrer dans l'immeuble par crainte de nous faire choper. Il est 23 heures, nous nous posons enfin dans la cage d'escalier du dernier étage. Impossible de faire les collages avant 2 heures du matin, on n'a plus qu'à attendre. Ce n'est que notre troisième jour de fugue, et une routine s'installe déjà. On choisit un slogan puis on réfléchit au lieu du collage. J'ai évidemment proposé la place Kléber. Règle de base, la façade de l'immeuble dans lequel on se planque doit aussi avoir un souvenir de notre passage. Ce soir, nous avons voté pour trois collages :

IL Y A PLUS INCONNU QUE LA FEMME DU SOLDAT INCONNU, SA FILLE PLACÉE.
AIDE SOCIALE À L'ENFANCE TU CONNAIS ? NON ? NORMAL #JEUNESSEINVISIBLE
TU VEUX QUOI POUR NOËL ? EXISTER. #JEUNESFILLESPLACÉESENCOLÈRE

Il est seulement minuit, encore au moins une heure à patienter avant d'envisager de commencer nos collages. Assa nous propose de nous lire l'extrait d'un bouquin qu'elle cite dans son exposé.

« La flemme, sérieux, répond Céline.

— Moi je t'écoute, Assa.

— C'est un livre d'entretiens écrit par Annick Cojean, des femmes ont complété la phrase *Je ne serais pas arrivée là si…* Dans celui avec Gisèle Halimi, elle lui répond : *"si ma mère et tout mon entourage depuis la prime enfance ne m'avaient constamment rappelé que le fait d'être une fille impliquait un sort très différent de celui de mes frères. Un sort dans lequel le choix, le libre arbitre, la liberté n'avaient aucune place. Un sort uniquement déterminé par mon genre".*

Annick Cojean lui dit ensuite "*Faire avancer les femmes, votre obsession de toujours ?*"

« Et Gisèle Halimi lui répond : "*Et plus que jamais. Je suis encore surprise que les injustices faites aux femmes ne suscitent pas une révolte générale.*

« "*Et que prônez-vous ?*

« "*La sororité, depuis toujours. La solidarité. Quand les femmes comprendront-elles que leur union leur donnerait une force fabuleuse ? Désunies, elles sont vulnérables, mais ensemble, elles représentent une force de création extraordinaire. Une force capable de chambouler le monde, sa culture, son organisation.*" Et après elle ajoute : "*Je dis aux femmes trois choses. Votre indépendance économique est la clé de votre libération. Ne laissez rien passer dans les gestes, le langage, les situations qui attente à votre dignité. Ne vous résignez jamais.*"

— Sororité, il est stylé ce mot !

— Bah Céline, je croyais que t'avais la flemme ?

— En vrai, je me sens assez fière quand j'entends ça, Je me dis que, dans deux heures, on fait notre révolte à nous », dit Céline.

Moi aussi j'ai envie d'être une Gisèle Halimi, après cette marche je veux apprendre à parler comme elle. J'ai beaucoup de retard mais j'ai une détermination plus grande encore. Si Assa m'aide à me réconcilier avec l'écriture, je suis sûre que je pourrais le faire. Mais j'ai trop peur de la réaction des gens : une Segpa qui s'imagine avocate, ils vont être morts de rire. Assa semble émue de nous avoir fait cette lecture.

« Qu'est-ce que vous auriez répondu vous à cette question ? demande-t-elle.

— Laquelle ?

— Je ne serais pas arrivée là si… ? Je veux dire, arrivée là, à Strasbourg, dans cette cage d'escalier. »

Après la puissance des mots de Gisèle Halimi, aucune de nous ne peut répondre à la légère. Céline se lance la première.

« Je ne serais pas arrivée là si je n'avais pas reçu un coup de poing de Malik la semaine dernière quand j'ai dit "non, je n'ai pas envie".

— Je ne serais pas arrivée là si je n'avais pas assisté au silence de ma mère la première fois que mon géniteur a levé la main sur moi.

— Je ne serais pas arrivée là si ma mère n'envisageait pas de vivre à nouveau avec son mari, mon beau-père, qui m'a violée pendant trois ans. »

Le silence qui suit ces révélations résonne dans la cage d'escalier. Nous nous prenons la main, comme pour donner corps au mot « sororité ». Puis nous commençons à colorier nos lettres au marqueur noir.

Cette nuit, nous collons nos slogans avec encore davantage de conviction. La peur s'estompe pour laisser place au souffle de la révolte. Nos feuilles blanches me semblent fluorescentes, en pleine place Kléber.

Assa – 7 décembre

Je crois que j'ai rarement été aussi fatiguée. Mon dos me fait mal et j'ai les doigts de pieds gelés. Je ne sais pas si c'est le fait de ne plus être joignable depuis trois jours, ou bien tous nos déplacements, mais je me sens libre. Ce sentiment de liberté est sûrement éphémère, mais l'expérience est profonde. Les deux premiers jours, j'ai hésité plus d'une fois à rallumer mon portable. Je réalise à quel point je suis accro, dès qu'il y a un moment d'attente, j'ai le réflexe de le sortir de ma poche. Depuis hier, c'est le contraire, j'appréhende le moment où je désactiverai le mode avion. Des centaines de notifications vont s'afficher, des appels, des messages.

Le poids de devoir répondre. Je préfère rester dans le déni. Je n'ai aucune idée des conséquences de notre fugue. Est-ce qu'il y a des affiches avec nos photos ? Les policiers ont-ils interrogé mes amis ? Tout le lycée est-il au courant ? Pour l'instant, je ne pense à rien d'autre qu'à nos collages. Mais une frustration demeure : je me demande comment les gens réagissent en les découvrant au petit matin...

L'odeur de la boulangerie est trop tentante. Je vais rapidement acheter trois pains au chocolat avant de monter dans le car. J'ai laissé les filles blotties l'une contre l'autre à la gare.

« Assa, t'étais où putain ? Tu fais chier, le car est là ! »

Je commence à m'habituer aux mots de Lina. Son agressivité, c'est comme une carapace, une façon de dissimuler ses angoisses.

« Bonjour Lina, je vais bien merci et toi ? Je suis juste allée nous chercher des pains au chocolat.

— Oh cimer ! Tu gères. »

La douceur est une très belle réponse à l'agressivité. J'ai constaté ça plus d'une fois au foyer. Lorsque Brice est arrivé, il imaginait réussir à cadrer les filles en criant encore plus fort qu'elles. Quelle erreur ! Elles lui en ont fait voir de toutes les couleurs. Débarquer dans un foyer de filles en tant qu'homme ne doit pas être évident, j'imagine qu'il espérait incarner une espèce d'autorité masculine. Mais plus il cherchait à imposer des règles, plus les filles les transgressaient. Je l'ai entendu pleurer une fois dans les toilettes, après un énième clash. Cassandre lui a craché dessus, toutes les filles riaient aux éclats. Je ne l'ai jamais dit aux autres, elles l'auraient achevé.

Hélène, elle, fait souvent le choix de la douceur. Lorsque l'agressivité monte en puissance, elle reste au contraire à la fois douce et ferme. Résultat : les filles l'écoutent davantage, je crois. C'est peut-être aussi car on voit bien qu'elle aime son métier… Il y a aussi Joséphine, ça doit faire dix ans qu'elle est éduc à « L'escale » : un sketch ambulant, elle fait toujours des trucs improbables qui désamorcent les conflits.

Ils connaissent notre vie ; je me demande s'ils comprendront notre démarche…

Céline

Calée dans le fond du car avec ce petit chauffage en dessous mes pieds, mon petit pain au chocolat et ma petite écharpe en guise de couverte, je vais dormir comme un bébé c'est sûr !

La géographie n'est pas mon fort, je sais juste qu'on prend la route vers Lyon, ce qui veut dire que je me rapproche un peu plus de ma mère. Je me demande bien si Mme Tesson a pris la peine de la prévenir de ma fugue. Quand Hélène m'a accompagnée à l'hôpital la dernière fois, elle a comparé les grandes fugueuses comme moi à la chèvre de Monsieur Seguin. Au début, elle criait au loup, tout le monde accourait mais le loup n'était pas là. À force d'alerter tout le monde, le jour où le loup est vraiment venu et qu'elle a crié, personne ne s'est inquiété. Je n'avais pas tout pigé sur le coup. Maintenant, je comprends mieux. Fuguer est une façon d'inquiéter les éducs, la police, mais à force, tout le monde s'y habitue.

Par exemple, c'est sûr que les éducs flippent grave qu'Assa ait fugué. Moi, c'est juste banal.

Tata doit certainement être au courant. La dernière fois, elle m'a écrit une lettre au foyer. C'est trop cool de recevoir une lettre, rien à voir avec un texto. Tu peux la toucher, la relire et puis la garder. Et surtout, tu te dis que la personne a pris la peine de sortir une feuille et un stylo en pensant à toi. Elle demandait de mes nouvelles, car elle n'arrivait plus à me joindre depuis plusieurs mois. Normal, j'ai changé cinq fois de numéro. Elle finissait sa lettre en écrivant que je serais toujours la bienvenue pour venir manger des cookies. Je n'ai pas répondu. Je ne lui ai pas encore totalement pardonné de ne pas s'être battue pour que je reste chez elle. Pourtant, la situation était devenue intenable, pour elle comme pour moi. Je retournerai la voir quand je pourrai lui parler de ma vie sans mentir, dans un bon état d'esprit. Voilà pourquoi je ne me suis pas assise dans son canapé vert depuis un an et demi. J'irai peut-être lui raconter notre fugue. Je crois qu'elle serait fière de moi. Je l'espère.

Ça y est, je m'endors en pensant à ses cookies trois chocolats.

Lina

Ça me soûle ! Nous sommes arrivées à Lyon sous la pluie, le vent est tellement glacial que j'en ai mal aux oreilles et ça fait trois fois qu'on se fait recaler par les hôtels.

« C'est bon ça me gave, on fait quoi, Lina ? »

Pour qu'Assa perde son sang-froid, c'est qu'elle est vraiment à bout.

« Vous me faites trop rire, vous ! Je suis pas une agence de voyages de fugue, j'ai pas réponse à tout !

— Sauf que c'est toi qui fais la chef qui veux tout gérer depuis le début, dit Céline.

— Mis à part bouffer des McDo et te plaindre, tu sers à quoi toi ?

— Vas-y, sans moi t'aurais pas une thune, espèce de clocharde. »

Je serre les poings pour ne pas lui rentrer dedans.

« Les filles, j'ai une proposition. On devrait changer de stratégie. On a misé uniquement sur les petits hôtels de merde en se disant qu'ils étaient moins regardants, mais peut-être qu'au contraire ils ont l'habitude de voir des mineurs qui testent. Quel jeune de seize ans oserait aller dans un hôtel à 100 euros ?

— T'es une ouf Assa, t'as vu nos dégaines ? répond Céline.

— T'as une meilleure idée ?

— Bon ça se tente. Et c'est vrai qu'il nous reste pas mal de thune.

— OK, on passe chez Sephora avant alors, dit Céline.

— Tu crois qu'on a que ça à foutre d'aller se pomponner ?

— Mais réfléchis, il faut qu'Assa ait une tête de daronne fraîche, et là c'est loin d'être le cas. Elle a des cernes jusqu'au menton. Désolée Assa.

— Sympa. Mais t'as raison. »

Je déteste les vigiles de chez Sephora. Je déteste Sephora tout court. Le mélange des parfums me donne mal à la tête et les vendeuses ont toujours ce grand sourire hypocrite : « Si je peux me permettre, je vous conseille ce fond de teint pour rendre votre teint moins terne, effet bonne mine garanti ! » C'est marrant, elles s'adressent toujours à mes copines. Moi je me tape la fouille en sortant du magasin parce que ce connard de vigile juge ma dégaine « survêt sweat capuche » comme le profil type de la voleuse.

Ça ne loupe pas. Les vendeuses se ruent vers Assa et Céline, en leur proposant un maquillage gratuit.

« Allez Lina, fais-le avec nous !

— Vous faites chier », je râle en me laissant faire.

Je dois admettre que c'est plutôt réussi. Je nous donnerais sans hésiter dix-huit ans. Première fois que le vigile ne fait pas sonner le portique quand je passe, pile le jour où je glisse un vernis discrètement dans ma poche. C'est fou ce que le maquillage peut rendre un homme con !

Assa

« Bonjour madame, auriez-vous une chambre triple disponible pour cette nuit ?

— Je regarde tout de suite.

— J'en profite, nous sommes de Paris, c'est notre première fois à Lyon. Un restaurant de spécialités lyonnaises à nous conseiller ?

— Alors, nous avons une chambre disponible à 160 euros, petit déjeuner compris. Cela vous convient ? Pour les restaurants, vous trouverez tous nos coups de cœur à l'entrée.

— Très bien c'est parfait. Je peux vous régler tout de suite ?

— Bien sûr. À quel nom la chambre ?

— Mme Coulibaly. »

Incroyable ! Aucune question. Un mec de l'hôtel porte même nos sacs et nous conduit jusqu'à la chambre. Une fois la porte claquée, nous comptons jusqu'à cinq avant d'exploser de joie.

« Les meufs ! C'est quoi ce palace ! C'est qui ? C'est Assa ! C'est qui ? C'est Assa ! »

Elles se mettent à danser autour de moi sur un son de Burna Boy, celui que j'écoute tous les matins au réveil. Puis nous nous jetons toutes les trois sur le grand lit.

« Même les draps ils sentent le Chanel ! Téma la télé grand écran, trois fois celle du foyer ! s'exclame Lina.

— C'est quoi cette baignoire XXL ! Regardez, y a même des lumières rouges à l'intérieur. Truc de dingue !

— Chut les filles, chut, faut pas qu'on se fasse remarquer ! »

Cette fugue est un condensé de vie : d'un Formule 1 au Neuhof, à une cage d'escalier place Kléber, avant d'arriver dans un hôtel de luxe en plein centre de Lyon ! J'ai l'impression de passer d'un monde à un autre. C'est fou comme nous sommes enfermées dans notre petite bulle du foyer.

D'un coup, à grandes enjambées, nous découvrons l'extérieur. Après ce quart d'heure de folie, la fatigue se fait ressentir. Nous nous glissons dans nos draps blancs parfumés pour une petite sieste.

Céline

Je veux être la première à tester la baignoire aux néons rouges. J'en ai fréquenté des hôtels, mais alors ils étaient loin, très loin, de ressembler à celui-ci. Dans ma tête, hôtel rime avec sexe et soirées, certainement pas avec copines et détente. Je fais couler un bain bouillant avec plein de mousse. Comme d'hab, je me lance dans un monologue.

« Malik. Là, je prends un bain à 15 heures, dans un hôtel de dingue. Je me sens bien, et je me sens bien sans toi. Tu dois à peine te réveiller d'une nuit à la chicha, les célèbres vendredis soir de Clicli ! T'as toujours dit que tu faisais tout ça pour moi. Que j'avais une vie de merde avant de te connaître, que j'allais être riche. Espèce de gros mytho, je ne suis qu'une parmi d'autres. Je n'ai pas peur. Et même si tu me retrouves, je ne t'ai rien volé, j'ai simplement repris ce que tu me devais. Et t'es majeur et pas moi, alors ne fais pas trop le malin !

« C'est bizarre mais je voulais te dire merci. Je ne serais jamais arrivée ici si tu ne m'avais pas frappée. J'ai le droit de dire non et de ne pas avoir envie. Ce n'est pas parce que tu me fais des cadeaux que mon corps t'appartient. Je dormais putain. Évidemment quand tu dors, que t'es bourrée, malade, défoncée, tu ne peux pas dire non, mais ça ne vous donnait pas le droit de me pénétrer. Grosse merde. »

Je pourrais rester dans cette chambre toute la journée, mais à coup sûr Assa va vouloir qu'on aille se balader. Je repense à ce qu'elle nous a dit hier, le viol par son beau-père. Je pensais qu'Assa était placée parce que sa mère n'avait pas de thune. J'avais déjà capté dans une discussion que son père était décédé au bled. Je l'imaginais vivre dans un petit appartement à huit, l'assistance sociale du collège qui avait alerté l'ASE puis voilà. Mais ça... C'est chaud quand même. Je ne sais pas comment elle fait pour tout garder en elle comme ça. On dirait qu'elle est normale, tu ne parierais pas qu'elle est en foyer. Pas comme Lina, elle, c'est marqué sur son front. Bon, allez.

« Lina, Assa ! J'ai la dalle !

— Ta gueule.

— Promis, je ne propose pas un McDo ! »

Elles prennent dix ans à se préparer. C'était prévisible avec cette salle de bains du futur. Si j'allume la télé, je vais plus réussir à décoller du lit. La pochette d'Assa traîne sur la table de nuit. Je l'ouvre vite fait, je tombe sur le texte qu'elle nous a lu hier soir. En dessous, elle a pris quelques notes.

« Pourquoi depuis la nuit des temps les femmes sont le corps de l'autre ? Pourquoi elles sont toujours intégrées dans le désir des hommes ou dans le non-désir ? »

On dirait un sujet de philosophie, ou de psychologie, en tout cas un truc d'intello. N'empêche, je suis l'exemple parfait de ces deux phrases. Ça fait un bout de temps que je partage mon corps.

J'ai d'abord laissé les autres le juger, le trouver trop gros, trop flasque. Et puis j'ai découvert que ma poitrine pouvait devenir un atout pour séduire. Aujourd'hui, j'arrive à m'aimer uniquement quand je me sens désirée... Putain, qu'est-ce que je vais faire à mon retour à Argenteuil ?

Assa se pose à côté de moi.

« J'ai regardé le petit guide touristique ! Cet après-midi, c'est visite de la Fourvière et balade dans le vieux Lyon. Je vous laisse choisir le resto, avant de revenir préparer nos collages pour ce soir.

— Assa, t'es vraiment une daronne. J'accepte seulement si on prend un sandwich en sortant.

— Adjugé, allez Lina, dépêche-toi on t'attend !

— C'est bon ! J'arrive ! »

Lina

Depuis hier, j'ai vraiment l'impression d'être une touriste. On est agglutinées dans un gros ascenseur extérieur, je n'entends même pas parler français.

« C'est marrant comme ascenseur, dit Céline. Mais comment il caille sa mère !

— Pour la troisième fois, ça s'appelle un funiculaire ! corrige Assa.

— On s'en fout, c'est pareil. »

La vue est magnifique. Le vent a chassé les nuages gris de ce matin pour laisser place à un grand ciel bleu. La lumière commence déjà à annoncer le coucher du soleil. C'est trop beau.

« Regardez, il y a des montagnes enneigées là-bas, au loin ! Vous pensez que c'est encore la France ? demande Céline.

— Non c'est la Norvège, dis-je en me moquant.

— T'es sérieuse ?

— Mon Dieu Céline, il est temps que tu retournes à l'école ! Évidemment c'est la France ! » réplique Assa.

Nous reprenons notre escapade en direction du vieux Lyon. Les rues pavées me donnent mal aux pieds, mais c'est vrai que c'est joli, surtout les lumières. Assa a encore déballé sa science tout à l'heure en nous disant que c'était justement le surnom de la ville de Lyon, et que tous les ans fin novembre il y a une grande fête des lumières. Je proposerai ça comme transfert l'année prochaine au foyer !

C'est étrange, mais tout est presque trop lisse, trop parfait. Je n'aperçois même pas un petit tag à l'arrache, juste de beaux trompe-l'œil sur les murs. C'est pas mon élément. Les tours me manquent, les kebabs trop gras et les arrêts de bus cassés. Ce soir, je veux qu'on aille coller nos mots sur du bitume et des arrêts de bus. C'est ça, notre fugue. Ici, ça manque de galères.

« Les filles s'il vous plaît, j'ai envie d'un bon vieux tacos, avec des frites huileuses et une cannette d'Orangina. »

Il nous faut bien trente minutes pour trouver ça. Entre deux bouchées, je fais part de mes plans pour ce soir.

« J'ai envie qu'on colle dans des cités.

— Lina, quelle cité ? Pour une fois qu'on a un hôtel en plein centre ! On ira demain soir.

— Je suis d'accord avec Assa. Laisse-nous profiter.

— Hier on a fait les touristes, c'était cool, cette aprèm aussi. Mais faut pas qu'on oublie pourquoi on est là !

— Tu te mets trop la pression. On a collé jusqu'à 4 heures du mat hier. On ne peut pas faire plus. »

Assa a peut-être raison. Ce soir, placardons les murs des beaux quartiers mais demain, j'ai besoin de sortir d'ici et de prendre de la hauteur, au dixième étage.

Céline

On commence à devenir des expertes ! Les lettres sont droites et lisibles, les feuilles ne font plus de petites bulles, on dirait presque une œuvre d'art. J'adore ce moment où nous prenons un peu de recul pour avoir une vision d'ensemble.

Cette nuit le collage *Jeunes filles placées, qu'on continue à garder le silence ? Y a pas moyen djadja !* a vraiment de la gueule.

« Les meufs, plus je colle, plus je me sens puissante. Plus je me sens puissante, moins j'ai peur. Pas vous ? »

Assa – 8 décembre

Le buffet est à tomber par terre : viennoiseries, jus frais, omelette, mini-sandwichs, céréales ! Et du vrai Nutella ! Nous sommes toutes les trois bien reposées, prêtes à démarrer une nouvelle journée. Ce soir, nous prenons le car à 2 heures du matin direction Marseille. Cela veut dire que nous allons devoir faire nos collages plus tôt que d'habitude.

Lina ne démord pas de son envie de coller dans les cités de Lyon. Elle nous demande à chacune d'ajouter dans le plan de la fugue : *collage quartier de La Duchère, minuit.* C'est qu'elle commence à devenir organisée ! Comme nous savons que Lina a la tête dure, Céline part chercher immédiatement sa pochette de fugue dans la chambre. Comme on traîne à table, je demande à Lina l'heure, elle saisit le portable de Céline devant elle. Tout d'un coup, je vois son visage se décomposer. Je reconnais ces yeux noirs, c'est ceux qu'elle a lorsqu'elle casse tout au foyer.

« Je vais la niquer cette grosse pute, je vais la défoncer ! »

Le serveur nous dévisage, Lina se lève de table en courant. Elle est dans une telle fureur qu'elle ne prend même pas l'ascenseur et court dans les escaliers jusqu'à la chambre. J'essaye tant bien que mal de la suivre.

« Lina parle-moi, que se passe-t-il ? »

J'ai mal au ventre, mes muscles se contractent en anticipant la violence de Lina que je vais devoir contenir. Elle tambourine à la porte, Céline lui ouvre.

« Espèce de grosse pute, t'es qu'une traître. Je vais te défoncer ! »

Elle saisit Céline par les cheveux et la plaque au sol. Son pied est maintenant sur sa gorge. Céline est tétanisée. J'attrape Lina par-derrière et nous tombons toutes les deux. Quelqu'un frappe à la porte.

« Tout va bien ?

— Oui oui, ne vous inquiétez pas. »

Je mets ma main sur la bouche de Lina en lui parlant d'un ton sec, la mâchoire serrée.

« Tu vas te calmer immédiatement avant que les flics débarquent. Tu m'entends, Lina, si tu bouges encore, je te préviens, je te décolle une gifle dont tu te souviendras toute ta vie. C'est clair ? »

Céline est en boule à côté du lit. Je sens le corps de Lina se détendre. Je suis en nage et mes mains tremblent encore.

« Très bien, maintenant vous m'écoutez toutes les deux. On va parler calmement, je ne veux pas de violence. Lina, qu'est-ce qui se passe ?

— Ce qui se passe ? Cette traîtresse a rallumé son Internet depuis le départ. J'ai vu sur son téléphone toutes les notifications Snapchat et les appels en absence du foyer. Putain elle va tout faire foirer !

— C'est vrai Céline ?

— J'allais vous en parler. Je l'ai rallumé deux secondes jeudi, pour voir si Malik m'avait contactée. Je l'allumais juste de temps en temps, histoire de voir ce qui se passait un peu. J'ai répondu à aucun appel, ni aux messages de Cassandre et tout.

— Mais Assa, dis-lui qu'elle est complètement conne ! Qu'ils vont remonter jusqu'à nous ! Tu penses vraiment qu'à ta gueule. Tu m'étonnes que personne ne t'aime, pauvre meuf !

— Céline, tu te rends compte dans quelle merde tu nous mets ? Comment tu as pu nous mentir comme ça ?

— J'allais vous le dire, je vous jure. Il se passe un truc de ouf ! Attendez avant de crier.

— Balance avant que je te défonce.

— En fait, à force de regarder toutes les photos dans mon téléphone, je me disais que c'était tellement dommage qu'elles ne circulent pas. C'était quand même ça le but, faire du bruit pour les jeunes comme nous. Mais les jeunes comme nous ne se baladent pas place Kléber, Lina ! Elles se baladent sur Snapchat. Alors j'ai créé un Insta *Jeunesseoubliée* avec les hashtags #jeunesfillesplacéesencolère et #ciaolefoyerjmebarre

— T'as fait quoi ??!!

— Laisse-la finir Lina !

— Quand j'ai rallumé mon téléphone le lendemain, pour poster à nouveau, j'ai vu que les photos avaient été partagées des centaines de fois ! J'ai reçu des dizaines de MP, des filles de foyers qui voulaient nous rejoindre, d'autres qui nous remerciaient. Je vous dis qu'il se passe un truc de ouf. Mais vous inquiétez pas, hein, on ne voit jamais nos têtes.

— Et tu penses que je vais te dire merci ? Tu crois que les éducs sont cons ou quoi ? Là c'est sûr, on est pistées. Ça veut dire que là, ils sont au courant qu'on est à Lyon, et que donc ils vont faire passer nos déclarations de fugue aux keufs de Lyon. En fait depuis le départ tout ce que tu veux c'est ton petit moment de gloire. Comme tu ne brilles plus dans les yeux de Malik, tu t'es dit que t'allais devenir la vedette d'Insta ?

— Mais toi tu te crois supérieure avec ta petite vie de merde ? Gisèle Halimi en carton, tu ne sais même pas écrire deux phrases sans fautes. Tu crois quoi, t'es rien d'autre qu'une Segpa, une meuf de foyer qui se croit féministe en se cachant derrière ses joggings larges ! C'est contre toi que t'es en colère. Tu fais la fière mais dans le fond t'as peur, t'as juste trop peur. Tu penses que je ne sais pas que tu m'as proposé cette fugue juste pour la thune ? Depuis le début je vois dans tes yeux que tu me regardes comme une salope.

— Mais parce que c'est ce que t'es, une salope qui ne sait vivre que dans le regard des hommes ! T'es là à te ramasser des coups de poing et le lendemain t'es encore dans son lit. Tu ne sais même plus faire la différence entre être violée et faire l'amour.

— Lina, arrête ! Tu te rends compte de ce que tu dis là ? Céline a merdé mais elle n'a pas tout faux. La marche *Nous toutes*, le MLF, ils étaient relayés par les médias, c'est comme ça que leurs messages ont pu circuler.

— Mais d'où tu parles toi, Assa ? T'as passé ton temps à nous mépriser au foyer, à nous juger et à te penser plus intelligente. T'es incapable d'assumer qui tu es, donc tu préfères te réfugier dans tes livres et tes exposés parce que t'es qu'un mouton dans le fond ! Tu veux ressembler à tout le monde sauf à toi-même. T'as été abusée par ton beau-père, putain, tu devrais être encore plus en colère que nous !

— Tu sais quoi, allez-vous faire foutre. Je vous emmerde vous et vos vies de merde. »

J'attrape mes affaires et je me casse, je ne veux plus entendre parler d'elles, plus rien.

Lina

Céline vient de claquer à son tour la porte de la chambre. Je suis seule, je m'effondre. Je me déteste. Pourquoi est-ce que j'agis ainsi ?

J'ai senti la situation m'échapper. Céline a pointé des trucs justes, alors, comme d'habitude, j'ai frappé encore plus fort. Dans ce genre de moment, une seule idée m'obsède : blesser l'autre. J'y arrive très bien.

Céline a raison, j'ai peur. Je me cache derrière mes idées féministes, mes envies de révoltes, mais je me sens minable. Je pourrais mettre ça sur le dos de mon enfance de merde, mais il y a des femmes qui parviennent à faire de leur passé une force, non ? Assa, Gisèle Halimi…

On frappe à nouveau à la porte :

« Mademoiselle, il est 12 heures, il faut libérer la chambre. »

J'erre dans les rues de Lyon. Ces premiers jours de fugue avaient si bien commencé. Je nous sentais connectées, le mot « sororité » prenait tout son sens. Putain, peut-être qu'un truc de dingue était vraiment en train de se passer… Tout finit par foirer de toute façon.

Céline a raison, je me suis servie d'elle. Elle n'a pas été honnête, mais moi non plus. Je ne leur ai pas dit pourquoi Bordeaux était la destination finale de notre fugue. Je ne leur ai pas dit que mon géniteur y était incarcéré.

Céline

J'ai tellement la rage. J'ai juste envie de me fumer un bon gros pétard. Et limite d'appeler Malik. Ses coups de poing cognent moins forts que les mots de Lina. Non, ce que je voudrais vraiment, c'est me retrouver chez Tata, avec elle, tranquille. J'aimerais appeler Mme Tesson mais on est dimanche. Je ne sais même plus si je dois supprimer ce compte Insta ou non…

La seule chose qui me reste à faire, c'est guetter un petit immeuble et aller m'y réfugier. La phrase de Lina ne quitte pas ma tête : *Tu ne sais même plus faire la différence entre être violée et faire l'amour.* Être violée, c'est quand on se débat dans un parking glauque, non ? Quand on dit non et qu'on crie. Moi, je n'ai jamais crié. Et c'était toujours dans une chambre d'hôtel. Je ne disais pas vraiment oui, pas vraiment non. Même si c'était sec entre mes cuisses, le résultat était le même de toute façon. Je ne me suis jamais posé cette question : est-ce que j'ai envie ? Mais plutôt, comment lui faire plaisir ? Le plaisir… la grosse blague ! Putain, je déteste Lina avec ses idées féministes de merde.

J'ai réussi, je suis posée dans une cage d'escalier, il me reste quelques feuilles blanches et un marqueur. Je colorie en silence les lettres, pas grave si mes larmes tachent le papier, ça ne se verra pas collé au mur.

Assa

Assise sur un banc, je fixe mon portable. Si je l'allume, la réalité me frappera brutalement. Si je le laisse éteint, je ne ferai que repousser la chute. J'ai livré à ces deux petites connes le secret de ma vie, il n'aura pas fallu attendre plus d'une journée pour que cela se retourne contre moi.

Étrangement, c'est à ma mère que je pense. Elle a reçu la lettre normalement. Comment a-t-elle réagi ? Est-elle au courant de cette histoire de hashtag ?

Tout ça pour ça… Un MLF chapitre 2 qui se termine au bout de quatre jours. J'ai pris le risque de foirer mon trimestre, de lâcher mes amies et de me mettre les éducs à dos pour trois petits jours de fugue.

C'est le moment d'être honnête avec moi-même : j'espérais que cette fugue ferait réagir ma mère d'une façon ou d'une autre. Céline a eu le courage de faire ce que je n'ai pas osé : prendre le risque de rendre notre parole audible et visible. Je ne peux pas rentrer, non. À mon tour d'agir. Qu'importe si ma mère a répondu ou pas, je rallume mon téléphone.

Lina

Je referme mon marqueur. Ma colère a fini par se dissiper. C'était bien mieux de faire le collage avec les filles. Gisèle Halimi a raison : « Quand les femmes comprendront-elles que leur union leur donnerait une force fabuleuse ? Désunies, elles sont vulnérables, mais ensemble, elles représentent une force de création extraordinaire. » Je me sens terriblement vulnérable et seule. Et Céline a raison aussi, je suis certaine que mon slogan est bourré de fautes.

Je dois continuer, je n'ai pas le choix. Je prends le dernier bus, en route vers La Duchère. C'est Céline qui a le gros pinceau, tant pis je vais me démerder autrement. Je choisis la plus grande tour pour faire mon collage. Ce soir, j'ai simplement écrit *Sororité entre jeunes filles placé.*

« Besoin d'un coup de main ? »

Je n'en crois pas mes yeux : Céline ! Pour la première fois, je la serre dans mes bras. J'aimerais m'excuser, mais ça ne sort pas.

« Placé avec un *e* et un *s*, c'est mieux. »

Assa est juste là, elle aussi. Je me jette dans leurs bras en pleurant à chaudes larmes.

« Mais comment vous m'avez retrouvée ?

— Nous aussi on sait lire notre feuille de route, et c'est simple avec toi, il suffit de chercher la plus haute tour. »

Une dizaine de personnes nous observent de loin. Je n'en ai rien à foutre. Nous sommes ensemble, nous sommes puissantes.

Cinquième partie

Assa – 9 décembre

Il est 6 heures lorsque nous arrivons à Marseille. Nous décidons d'aller dans un café prendre un bon petit déjeuner. J'ai beaucoup d'informations à donner à Lina, j'appréhende un peu sa réaction. Pour le moment, aucune de nous n'est revenue sur l'embrouille d'hier.

« Bon, j'ai des choses à vous dire. Hier, j'ai d'abord été très en colère. Finalement, vos reproches m'ont fait réfléchir. Pour commencer, je voulais m'excuser : je n'ai pas vraiment respecté la loi du silence, j'ai écrit une lettre à ma mère avant de partir, dans laquelle j'annonçais mon départ en fugue. Je ne disais rien de plus précis, mais quand même, je suis désolée. Ensuite, c'est vrai, je vous ai souvent méprisées, je me mettais à l'écart, j'avais trop peur de vous ressembler. Je me suis comportée exactement comme ce que nous dénonçons aujourd'hui. Je suis désolée.

« Et maintenant, Lina, j'ai voulu voir de mes propres yeux *le truc de ouf* dont parlait Céline. Elle a raison, c'est complètement fou : des centaines de commentaires, des photos relayées plein de fois. Et depuis hier, d'autres jeunes filles placées ont également fait leurs propres collages ! J'ai appelé Céline et nous nous sommes rejointes avant de te retrouver en bas de la tour. Nous avons décidé de répondre à certains messages. Ces filles ont besoin d'encouragements, Lina. Deux d'entre elles vivent à Marseille, elles ont dix-sept ans et elles sont placées dans un appartement. En gros les éducs passent la journée, mais elles sont seules le soir. Elles n'ont pas le droit d'inviter du monde, mais elles sont prêtes à nous accueillir en douce pour une nuit. Elles souhaitent nous aider et surtout en savoir plus sur notre fugue. C'est toi le cerveau de tout ça, t'en penses quoi ?

— Je sais que je vous ai blessées hier, je suis désolée. Je suis comme ça, il m'arrive de péter un câble. Moi aussi j'ai beaucoup réfléchi à ce que vous m'avez dit. Je me suis souvenue du tout début, du moment où ce projet est venu dans ma tête. La marche *Nous toutes* et puis la découverte du MLF ont été un tournant. Ces femmes arrivaient à mettre des mots sur mes trous noirs et ma colère. Mais moi, je ne suis pas sûre d'être assez intéressante pour en parler.

— Nous sommes déjà des porte-parole, Lina, ça y est. La machine est lancée, intervient Céline.

— Vous pensez que ces meufs de Marseille sont des go sûres ?

— On verra, au pire on se casse. »

Je n'ai jamais vu Lina si douce. Elle semble vulnérable. Ce clash était nécessaire, il nous a permis d'entrer maintenant dans la deuxième phase de notre révolte.

Lorsque j'ai rallumé mon téléphone, je n'ai pas pu échapper aux dizaines d'appels manqués du foyer, aux messages de Sarah et, sans surprise, à l'absence de réponse de ma mère. Je n'ai lu aucune notification. Mon esprit ne doit pas être encombré par mon quotidien laissé à Argenteuil.

La télévision accrochée au mur du café passe en boucle les mêmes images, apparemment une grande manifestation à propos des retraites se prépare demain dans toute la France. Lina réagit :

« Putain, ils vont nous voler la vedette ! Bien sûr quand ça parle de vieux et de thunes y a du monde, mais pour s'occuper de la jeunesse, wallou.

— Vois les choses autrement, un vent de révolte souffle sur la France. Ça ne peut qu'attiser notre feu !

— Assa et ses métaphores d'intello ! Mais ouais, à nous de surfer sur la vague ! »

Le ventre plein, nous prenons la route vers le vieux port. Une longue journée nous attend avant de pouvoir rejoindre les deux filles. Nous en profitons pour racheter des feuilles et des marqueurs.

Céline

« Hey Lina, Marseille c'est ta zone laisse tomber, des Algériens à tous les coins de rue !

— T'as peur que les rebeus n'écoutent pas de zouk ou c'est comment ? » répond Lina en rigolant.

J'en peux plus de bouger de ville en ville mais d'un autre côté… c'est de la bombe ! Pour l'instant, si je devais choisir où poser mes valises, ce serait à Marseille.

Assa, notre super guide touristique, nous a traînées en haut d'une basilique, genre une grande église, Notre-Dame de la Garde. Je me suis écartée pour prendre quelques selfies, les filles me taillent tout le temps quand je prends des photos devant elles. Mais sérieux, la vue est dingue ! Vivre dans une ville où tu peux apercevoir la mer au loin, c'est encore mieux que les montagnes depuis Lyon ! J'ai insisté pour prendre une photo toutes les trois. On est trop belles, Lina tire la gueule, mais bon, c'est Lina, normal.

« Les meufs j'ai trop envie de l'envoyer à Cassandre ou Sonia, avec un petit message, *Pensées pour vous depuis Marseille. Bon lundi à Argenteuil* !

— Putain Céline, commence pas, s'exclame Lina.

— C'est bon, je déconne ! Mais juste, imaginez leurs têtes de rageuses !

— On est bien d'accord que tu allumes ton téléphone juste pour poster les photos ?!

— Oui Lina, oui ! »

J'ai vu hier soir que Mme Tesson m'avait envoyé un texto. Je ne l'ai pas encore ouvert. Il commence par « Bonjour Céline, j'espère ». On a reçu une tonne de messages des éducs du foyer, ils ont tout essayé : humour, menaces, inquiétude, chantage. Je m'en tape. Mais si j'ouvre le message de Mme Tesson, je ne vais pas pouvoir m'empêcher de lui répondre. Elle sait exactement comment m'amadouer.

« On va manger du poisson avant de rejoindre l'appartement des filles ? demande Assa.

— Non je veux des wings.

— Céline, on est au bord de la mer, on mange du poisson ! En plus on n'a pas d'hôtel à payer ce soir donc on peut se faire un restau.

— Une vraie daronne : guide touristique, guide culinaire et comptable ! commente Lina.

— Et toi alors, elle fait quoi la guide musicale ?

— Je vous mets Akhenaton direct.

— Connais pas, dit Céline.

— Oh là là ! Toute une éducation à refaire, c'est grave !

— Les meufs, vous êtes chelous, je vous jure. Vous aimez trop les trucs à l'ancienne ! »

Elles me font découvrir plein de trucs, toutes les deux. C'est flippant mais je crois que leur culture me donne envie de retourner à l'école.

Assa et moi contemplons le coucher de soleil sur la mer, mais Lina a choisi un autre point de vue : elle observe au loin les tours des quartiers nord. Ma main à couper qu'elle va vouloir aller faire des collages là-bas.

« Assa, Céline ! Venez voir. C'est un truc de ouf !

— Quoi ?

— D'un côté la jolie petite ville de Marseille, la vue sur la mer, et de l'autre côté, bien isolées au loin, ces grandes tours !

— Ouais… et donc ?

— Et donc une fois de plus, on regroupe les cassos et on les entasse bien loin du beau centre-ville !

— La Che des cités est de retour, ça faisait longtemps, ricane Assa.

— Laisse-moi deviner, tu veux aller coller là-bas ce soir ou demain ?

— Évidemment ! »

Nous redescendons vers le vieux port, avec un rap de Lina en fond sonore.

« On m'avait prédit le mal et j'ai défié les courbes
J'ai achevé mes cours, puis dévié ma course,
Compris que le bonheur en fait c'est juste vivre
Faire ce qu'on désire, simplement être libre
Alors réaliser tous ces rêves dans nos têtes
Sinon à deux pas de nous la haine et l'amertume nous guettent
Ce que je veux : c'est vivre maintenant.* »

Lina

En bas de l'immeuble des deux filles, Assa les appelle pour les prévenir que nous sommes arrivées. Je suis sur mes gardes, pas question que des petites bouffonnes viennent flinguer notre projet.

« Lina, fais un effort, t'as vraiment une tête de tueuse, là ! »

C'est plus fort que moi, je me méfie des personnes que je ne connais pas, j'imagine toujours le pire. Et puis les filles de foyer… Non mais même moi j'ai des préjugés, sérieux ! L'objectif de notre fugue, c'est quand même d'en finir avec ces conneries ! Elles nous donnent le code en nous demandant de montrer discrètement. La porte s'ouvre.

* Akhenaton, « Vivre maintenant », extrait de l'album *Vivre maintenant*, 2015.

« Salut, je suis Julia. Bah, bienvenue chez nous, enfin dans l'appartement du foyer. On est deux à vivre ici avec Amel. Vous devez être canées, non ?

— Salut et merci de nous accueillir. Moi, c'est Assa et voici Lina et Céline. »

Julia ressemble à une cagole, enfin, l'idée que je m'en fais. Fausse blonde aux racines brunes, boucles d'oreilles de pouf et piercing au-dessus de la lèvre. Vu son accent, aucun doute sur ses origines marseillaises. Amel est plus en retrait, elle est toute maigre, je lui donnerais à peine quinze ans. L'appartement est lourd, rien à voir avec le foyer. J'échangerais bien ma place avec elles.

On se pose dans leur canapé, et on se met vite à discuter des collages.

« Je ne sais pas comment vous expliquer, ça nous a fait du bien de se dire qu'on n'était pas seules. Avant l'appartement, nous aussi c'était la galère des foyers. Les fugues, les propos sexistes, la violence… Je suis dans cet appart depuis six mois, franchement c'est bien mieux. Mon éduc ASE m'a mise ici après quatre mois à l'hôtel. J'avais juste deux plateaux-repas, et rien d'autre. Je faisais genre « Foutez moi à l'hôtel, j'attends que ça, je veux être libre ». Putain je me suis sentie tellement seule ! Seize ans dans un hôtel de merde, sans école, je vous jure ce n'est pas une vie. Votre slogan sur les meufs placées qui se prostituent bah… ça m'a touchée grave… J'ai envie de faire ces collages pour toutes les prochaines, celles qui sont encore dans la rue ou qui galèrent en foyer. Vraiment les meufs, merci, je me sens écoutée et comprise. J'ai enfin l'impression d'être, un petit peu, représentée. »

Je crois que je suis toute rouge. Je n'arrive même pas à réagir. Amel vient de décrire exactement ce que je ressentais lorsque j'écoutais les sons de Keny Arkana, les mots des femmes du MLF. Je suis émue, putain. Julia poursuit :

« Bientôt, à l'approche de la majorité, vos juges, vos éducs, vont vous mettre la pression. À la moindre occasion, à la moindre connerie, ils vous feront le coup du contrat jeune majeur. En gros, jusqu'à dix-huit ans, pas le choix t'es mineure, l'ASE doit t'accompagner, mais après, c'est une autre galère. Il faut que t'aies un projet, que tu taffes en alternance et que tu saches gérer ton appartement.

— Dans la vie normale, quel adolescent sait exactement ce qu'il veut faire de sa vie à dix-sept ans ? intervient Assa.

— Meuf c'est pas tout, tu dois gérer ton budget, mettre des thunes de côté, etc. Le plus dégueulasse, c'est qu'en fait l'ASE dégage les "pires" et signe des contrats jeunes majeurs uniquement pour les "méritants". Sauf si t'as un bon département où ils ont de la thune, mais ça…

— Mon éduc ASE m'a déjà parlé de ce truc, elle me le présentait comme une carotte. En gros, soit tu te calmes, soit à dix-huit ans tu te démerdes. Mais j'aime pas le chantage.

— En vrai, c'est justement les "pires", les plus cabossés qui ont encore besoin de temps. J'avoue, il y en a, c'est mort, ils ne changeront jamais, ou dans très très longtemps. Mais certains ont juste besoin de temps. Et j'parle pas de faire de grosses études, hein ! Bref, en ce moment vous avez capté c'est la grève contre la réforme des retraites. Les médias ne parlent que de ça, faudrait trouver le moyen de faire un lien. Avec un slogan sur ce sujet, y a moyen qu'on parle de nous. »

Les mots de Julia font sens. Je pense jamais au jour où mon placement prendra fin. C'est combien d'études pour être avocate : trois ans ? cinq ans ? dix ans ? C'est quoi mon choix ? Vivre en appartement et faire une alternance de merde ou retourner chez ma mère pour faire mes études ? Impossible, je ne tiendrai pas deux jours. Putain, cette discussion m'angoisse, mais faut que je réponde un truc.

« Merci, les filles, ça fait plaisir. De base, notre fugue a pour objectif de traverser la France en donnant de la voix aux jeunes filles placées. L'idée, c'est d'être visibles, de prendre de la place. Interroger les gens normaux, leur parler de notre existence. Et de parler de toute la violence qu'on subit en tant que filles. On ne doit pas oublier notre cause première... Après, ce que tu dis Julia est intéressant. Ça ne concerne pas que les filles mais tous les ados placés. Mais pourquoi rassembler les luttes, c'est aussi notre avenir de femmes dont il est question. Tu penses à quoi comme slogan ?

— *Avant de penser à ma retraite, j'aimerais pouvoir penser à demain. #jeunesseoubliée* et *L'avenir appartient aux vieux, certainement pas aux jeunes de l'ASE. #jeunesfillesplacéesencolère*

— Pas mal du tout. C'est cool de reprendre nos hashtags. Je propose de mixer vos slogans et les nôtres. »

Julia et Amel m'écoutent attentivement, pour la première fois je n'ai pas l'impression d'avoir l'étiquette de la minable de Segpa. D'habitude, mes idées sont floues, je me trouve nulle, et j'ai envie de gueuler, mais là les mots viennent, c'est clair. Amel propose autre chose.

« Je me disais qu'on pouvait faire quelques collages cette nuit, histoire de s'entraîner. On pourrait vous filmer et faire un tuto pour les autres filles, parce que c'est chaud de se lancer. Vous cachez vos visages avec des bonnets et des écharpes.

— Vas-y. »

Assa et Céline me lancent un sourire complice. Nous sortons tout notre matériel, et pour la première fois, nous sommes cinq à colorier nos lettres au marqueur noir.

« Les meufs on va être en galère, on n'a pas de colle, intervient Julia.

— T'inquiète, vous avez de la farine et du sucre ?

— Euh ouais. Mais t'es chelou, c'est quoi le rapport ?

— Farine, sucre et un peu d'eau et j'te jure ça fait l'affaire ! »

Céline

« Ça tourne !

— Salut les filles ! Je suis super contente d'être avec vous ce soir. Merci pour vos encouragements et votre soutien ! Vous allez voir c'est hyper simple. Règle de base, le faire en pleine nuit à plusieurs et ouais, sororité les meufs ! Pour le matériel, marqueurs, feuilles blanches, un seau de colle et un gros pinceau. Pour celles en dèche de thunes, on a la solution : vous pouvez fabriquer votre colle maison avec un peu d'eau, de la farine, du sucre et basta ! Le plus galère, c'est de transporter tout ça, mais si nous on l'a fait depuis Paris, vous devriez y arriver. Une fois que les feuilles sont positionnées comme vous le souhaitez, tirez bien et allez-y franchement, des gros coups de pinceaux de bas en haut, comme ça. Tire putain.

— Ta gueule.

— Excusez, mon assistante n'est pas à l'aise devant les caméras ! Quand c'est fini, on n'oublie pas de prendre une photo et de la poster avec le hashtag ! On compte sur vous. Arrêts de bus, murs du foyer, immeubles, cabines d'essayage, partout ! Merci les meufs et on continue de faire du bruit ! »

Ça y est, je crois que je débute une carrière d'influenceuse !

Assa – 10 décembre

Nous quittons toutes l'appartement à 8 heures, pour ne pas risquer de se faire repérer par un éducateur. Amel et Julia ont décidé de sécher les cours ; avec l'excuse de la grève des transports, ça tombe à pic.

« Les filles, vous êtes quand même à Marseille, vous pouvez pas venir ici sans voir la mer ! On a rendez-vous à la plage des Catalans avec une dizaine de meufs d'autres foyers un peu plus tard. On s'est dit qu'on pouvait faire une réunion pour organiser un gros bordel cette nuit. Chaudes ? propose Julia.

— Chaude.

— Moi aussi, dit Lina.

— Euh, la plage en décembre c'est un peu chelou quand même non ? répond Céline.

— Ta gueule !

— Je rigole ! Bien sûr je suis chaude, c'est moi l'influenceuse non ? »

Face à la mer, je me fais deux promesses. La première, emmener Sékou ici, un jour. Je veux voir dans ses yeux un peu de magie et d'envie d'ailleurs. Je voudrais qu'il ait des rêves, et même s'il ne les réalise pas, je veux qu'il s'autorise à en avoir. J'entends son rire et je vois sa petite fossette au-dessus de sa lèvre droite. Sékou me manque.

La seconde promesse, refaire un jour le trajet de cette fugue avec Coumba. Le placement nous a beaucoup éloignées. Tout comme ce silence de plomb autour de mon départ de la maison. Je me demande parfois si elle a entendu ou vu des choses. A-t-elle des images qui lui reviennent ? Se demande-t-elle si ce sont des souvenirs ou le fruit de son imagination ? Il n'y a rien de plus terrible que de se construire au milieu des secrets. Vous les portez, que vous le vouliez ou non. Je ne sais pas vraiment s'il y a un bon moment pour annoncer à votre sœur que vous avez été violée par votre beau-père, *son* beau-père. Peut-être qu'à travers ce voyage, elle comprendra mes choix.

On se croirait en vacances en plein mois de décembre ! Le soleil est bien plus généreux qu'à Argenteuil, nous pouvons même pique-niquer en pull au bord de la mer. Entre châteaux de sable, courses sur la plage et rêveries, je n'ai pas vu la matinée passer. Les autres filles arrivent au fur et à mesure. C'est fou, ces filles ont une sorte de respect envers nous. Je les sens impressionnées d'être à nos côtés. Comment, en l'espace d'une semaine, notre statut a-t-il pu changer de la sorte ?

La réunion débute. Nous sommes assises en cercle sur le sable. Nous nous présentons une par une, très solennellement. Lina explique avec la même clarté qu'hier soir le but de cette fugue. Elle rayonne, son regard colérique et sa mine de jeune fille cabossée s'estompent peu à peu. Sa capuche est tombée pour laisser apparaître sa longue tignasse, ses épaules se sont redressées. Lina prend vie à travers cette lutte. Nous planifions pour ce soir plusieurs groupes d'actions. Évidemment, Lina insiste sur sa volonté de placarder tous les quartiers de Marseille.

« Je veux que demain matin au réveil, tous les Marseillais et les Marseillaises aient une pensée pour nous, jeunes de foyers. Je veux que toutes les ASE de la région s'appellent en s'alarmant de ce qui est en train de se passer.

— Est-ce que les gars peuvent venir nous aider ? » demande l'une des filles.

Incroyable, toujours le même débat ! La non-mixité du MLF avait suscité de nombreuses réactions à l'époque. Lina répond avec hésitation.

« C'est vrai que des garçons placés peuvent partager certains de nos combats, mais ce mouvement est réservé aux femmes. Nous avons besoin de ce temps entre nous, sans hommes, pour être en union. Puis tu verras, une fois que tu te retrouves entre femmes devant ton slogan collé au mur, tu te sens tellement puissante. Puissante au féminin.

— Y a un truc que je ne pige pas, tu te plains des foyers réservés aux meufs et maintenant tu refuses les gars ce soir ? »

Lina est déstabilisée. Elle attrape le sable entre ses mains, comme pour contenir son malaise. Céline répond à sa place.

« On ne dit pas d'en finir avec la non-mixité, on veut juste qu'elle ne soit pas automatique. Ce n'est pas un schéma tout simple genre *j'ai été agressée sexuellement*, réponse : *foyer pour filles*. Je parle pour mon cas : moi, j'ai atterri là par hasard, après mon cent-cinquantième renvoi. Eh bien, une fois que j'ai mis les pieds dans cette maison de filles, je n'avais qu'une idée en tête, être avec des mecs ! J'ai ensuite fait *la* mauvaise rencontre. Bref, pas sûre que c'était le but en me foutant en non mixte... Pour ce mouvement, nous choisissons d'être entre meufs. D'être entre nous pour faire parler de nous. Et puis, je pense qu'on se sent plus libres de parler quand il n'y a pas de gars autour. T'as pigé ?

— Ça va, j'ai capté.

— Vous avez le choix de rester ou non. »

Deux des filles se sont levées, sans doute plus intéressées par l'idée d'une virée à Marseille que par nos collages. C'était prévisible. Limite je pensais qu'il y en aurait plus.

La réunion se termine, nous avons constitué cinq groupes qui feront les collages dans des quartiers différents. Les slogans doivent être validés par le groupe avant d'être affichés. Il y a un point qui me tracasse.

« Avant que tout le monde ne parte, je crois qu'il faut réfléchir à la fin de notre mouvement et à ce que nous demandons.

— Hein ? s'étonne Lina.

— Oui, un mouvement finit toujours par s'essouffler. Si on veut gagner la partie, il faut que ce soit nous qui décidions du moment où il s'arrête. Et puis, soyons lucides, je parle pour nous, Lina et Céline, on va forcément finir par se faire attraper. Au lieu d'attendre que ça arrive, décidons où et quand !

— Avec un événement fort par exemple ? demande Lina.

— Exactement. Comme la gerbe pour la femme du soldat inconnu…

— La quoi ? s'exclament plusieurs filles.

— Pour faire simple, une action coup de poing qui marque les esprits.

— Ah ça les coups de poing on connaît ! » dit Céline.

Nous rions, nous rions fort. Une connexion s'opère et je sens la flamme de la révolte brûler en moi. Lina conclut la réunion.

« Bon, je propose une action coup de poing le vendredi 13 décembre. Elle en jette cette date, non ? Prenons le temps de réfléchir à un symbole puissant qui nous réunisse toutes. Assa, Céline et moi on se fera choper à ce moment-là. Pour l'heure, tout le monde à l'eau !

— Wesh y a vraiment qu'une Parisienne pour aller à l'eau en décembre !

— Non tu m'emboucanes, Lina, vous allez pas vous baigner quand même !

— Moi je suis une influenceuse, j'ai peur de rien : à l'eau !

— Non sérieux, Lina, j'ai la flemme.

— Assa, si tu ne viens pas… menace Lina.

— Arrête ! Tu sais que je déteste ce jeu !

— Si tu ne viens pas, on n'arrivera pas à Bordeaux !

— Vous êtes chiantes ! J'ai pas le choix maintenant ! »

Je m'arrête une petite seconde de bouger, bien que l'eau me glace les os. Nous sommes en train de vivre un moment rare, ceux dont on souhaite conserver le souvenir et la saveur toute une vie. Les sourires de Lina et Céline, l'horizon orangé, l'odeur de la mer. Tout est là, en moi.

Céline

Pour la première fois, c'est à trois que nous chantons un rap à l'ancienne de Lina. Disiz, jamais entendu. Pas de meilleur beat que le son des vagues.

« Je viens ni du futur, ni du passé,
J'viens tout simplement d'ailleurs
Me demande pas ce qui s'est passé,
J'suis allé au bout de mes peurs.

Je n'ai rien à voir avec eux,
Rien à voir avec vous
Rien à faire avec eux,
Rien à faire avec vous
Je suis d'une autre espèce.* »

* Disiz la Peste, « Autre espèce », extrait de l'album *Pacifique,* 2017.

Lina

La colère logée dans mon ventre a disparu, emportée dans les courants de la Méditerranée. À bien y réfléchir, elle s'est plutôt transformée. Elle ne me fait plus mal, elle n'empêche plus les mots au fond de ma gorge de sortir. Non, elle est devenue ma force. Je la clame, je la partage et je la colle.

Assa et Céline sont dans le groupe des collages du centre-ville. J'ai choisi celui des quartiers nord. Nous nous rejoindrons ensuite à la gare pour notre avant-dernière étape, Toulouse.

Je ne sais pas d'où me vient cette fascination pour les grands ensembles. J'y trouve à la fois toute la beauté du monde et toute son injustice. J'envie ces enfants, ces jeunes, ces hommes et ces femmes qui se définissent avec l'identité de leur quartier. Petits et grands se checkent en bas des bâtiments. Ils se sentent invincibles aux pieds de leurs grandes tours. Dans cet espace, la place des femmes se limite à la journée, la nuit leur est souvent hostile. J'entends les mères appeler leurs enfants par la fenêtre, une multitude de langues résonnent entre les barres. Il y a les daronnes sévères, celles qui angoissent que leur fils devienne un petit zonard, occupé à guetter toute la journée. Il y a les daronnes nostalgiques, pour qui le quartier n'est qu'une prolongation du bled. Les incivilités de leurs enfants les déboussolent, et elles donneraient sans problème l'autorisation aux profs de les corriger une fois de temps en temps. Sans oublier les daronnes engagées, celles qui font tourner la cité, celles qui se battent pour que le monde les regarde. Et puis y a les daronnes qui démissionnent, c'est la rue qui se chargera d'éduquer leurs gosses. Une fois sortis de leurs immeubles, la réalité assomme ces habitants, l'étiquette du quartier leur colle à la peau. Voilà comment ils finissent par s'interdire de rêver trop grand, comme si leurs songes avaient le vertige, au-delà du dernier étage de leurs tours.

Ma mère et moi avons souvent déménagé, lorsque ses cris interpellaient les voisins, de l'autre côté du palier. Je ne me suis jamais ancrée quelque part, je n'ai pas d'amis d'enfance, ni de parcs favoris. Maman a passé son temps à esquiver les assistantes sociales, essuyer les regards jugeants de son entourage, camoufler les traces des coups de mon géniteur. Le fuir, mais pour toujours mieux lui rouvrir la porte. Depuis que j'ai décidé de tout balancer aux keufs, c'est désormais moi qu'elle évite.

Je marche aux pieds de *La Castellane.* Les murs tagués transpirent la précarité bien sûr, mais une chaleur humaine y réside également. C'est peut-être en cela que l'atmosphère des cités m'apaise. Je sens le danger rôder, mais l'énergie qui circule entre les cages d'escalier me donne envie d'y rester. Je rêverais de dire : je suis Lina, meuf de tel quartier.

« S'il te plaît Amel, on peut aller en haut d'une des tours ?

— T'es une ouf dans ta tête toi, on va se faire attraper par les grands direct. »

On passe devant deux meufs de notre âge : « Bougez c'est notre terrain ici !» Je dois avoir une dégaine de Parisienne vu comment les habitants me dévisagent. Amel nous fait passer par tout un tas de détours. Elle pousse une porte incendie à moitié forcée. Je m'approche du vide, les humains me paraissent tout petits du quatorzième étage.

« T'es une ouf toi, bouge putain, viens là, crie Amel.

— Donne-moi les feuilles dans mon sac, et la colle.

— C'est mort, reviens !

— J'bougerai pas. Soit tu m'aides, soit je reste là. »

Allongée à plat ventre, les bras dans le vide, je colle à l'aveugle les feuilles les unes derrière les autres.

« Pourquoi tu fais ça, on va rien voir d'en dessous !

— Ce collage, il est pour moi. »

MINEURE PLACÉE, JAMAIS À SA PLACE.

Au sommet de Marseille, le monde me paraît sans limites. Je laisse ma trace, au plus près des étoiles.

Assa

« Bonne route les meufs, on est ensemble ! »

Nous disons au revoir à Amel et Julia en nous promettant de nous revoir un jour. Marseille représente un tournant dans notre fugue. Nous sommes désormais un groupe, un mouvement. Céline fait défiler sur son portable les dizaines de collages réalisés un peu partout en France. La révolte de la jeunesse invisible se propage comme une traînée de poudre.

Céline – 11 décembre

Quand le chauffeur du car vient nous réveiller, ouvrir les paupières me demande un effort surhumain. Nous n'avions pas mesuré les conséquences du manque de sommeil sur notre corps. Depuis une semaine maintenant, dormir est devenu une option. Nos yeux sont rouges en permanence, comme si on était défoncées.

« Putain les filles, y a deux keufs derrière qui nous dévisagent.

— Merde merde merde, on fait quoi ? » demande Assa.

Trois ados qui errent dans la gare de Toulouse, les gueules explosées, à 6 heures du matin, on va se faire contrôler c'est sûr. Assa se met à paniquer.

« Les filles, on court ? on se cache ? on s'enferme aux toilettes ? Je le sens pas, là.

— Assa tu la fermes et tu m'écoutes. Plus tu ouvres ta grande bouche comme ça, plus on va se faire cramer. Alors maintenant, on fait demi-tour et on leur demande un renseignement.

— Mais t'es malade ?

— Tais-toi, putain. Laissez-moi faire », rétorque Lina.

Si l'un des policiers nous demande une pièce d'identité, on est foutues.

« Excusez-nous, est-ce que vous savez si les bus circulent aujourd'hui ? Nous devons nous déplacer en ville mais avec les grèves, on se dit que ce sera compliqué.

— Mesdemoiselles bonjour, bien matinales pour un mercredi matin. Le trafic est perturbé, oui. On peut savoir où vous vous rendez ?

— On a un exposé d'arts plastiques à faire, on doit repérer les lieux de street art dans Toulouse.

— C'est bien de voir des jeunes courageuses. Je vous conseille de vous déplacer à pied ou en tram aujourd'hui. Vous devriez quand même faire attention, il fait encore nuit et ce n'est pas très prudent pour des jeunes filles de se balader seules comme ça.

— Merci beaucoup, bonne journée. »

Lina me fait halluciner, comment a-t-elle réussi à inventer un pareil mytho ? On continue notre route vers la sortie de la gare comme si de rien n'était. Une fois dehors, la pression retombe et nous explosons de rire.

« Lina, t'es incroyable !

— C'est à force de traîner avec toi, Assa, j'apprends à parler comme une intello.

— Moi je ferais bien un slogan *Il fait encore nuit et ce n'est pas très prudent pour des jeunes filles de se balader seules comme ça.*

— Bien vu, Céline, cap on vient le coller demain matin à l'endroit où le keuf nous a dit ça ? »

À l'unanimité, nous décidons de petit-déjeuner dans la première boulangerie où nous pouvons nous asseoir. Nous voilà dans un Relay qui sert des croissants surgelés et un jus d'orange dégueulasse. Mais pas grave, tout ce que nous voulons, c'est attendre deux heures au chaud avant de trouver un hôtel.

« *Bienvenue sur Inter, nous sommes le mercredi 11 décembre.* »

« Les filles, ça vous dit rien ce petit générique ? demande Lina.

— Tiens, ça faisait longtemps. »

On se croirait dans le Trafic. Nous écoutons d'une oreille, quand arrive la conclusion du journal :

« *En marge des manifestations contre la réforme des retraites, un mouvement d'adolescentes prend de l'ampleur. Le reportage tout de suite de notre envoyé spécial à Marseille.*

Le phénomène a commencé sur les réseaux sociaux. Le compte "jeunesseoubliée" publie depuis quelques jours des photos de collages, sur le modèle de ceux contre les féminicides dans les rues de Strasbourg, Lyon, Nantes, Lille et Paris. Ce matin, Marseille s'est réveillée avec des collages au ton grinçant, comme par exemple "L'avenir appartient aux vieux, certainement pas aux jeunes de l'ASE". À l'origine de ce mouvement, plusieurs jeunes filles d'un foyer de banlieue parisienne, en fugue pour dénoncer la violence de la situation des filles placées par les services de protection de l'enfance. Quelques jours après le compte rendu du Grenelle sur les violences faites aux femmes, les associations féministes pointent du doigt l'une des grandes absentes du débat, la jeunesse. Le secrétariat d'État à la protection de l'enfance n'a pas encore réagi mais plusieurs professionnels de la protection de l'enfance se disent préoccupés par la situation au sein des foyers. »

« Les meufs c'est nous ! C'est nous ! »

Nous nous mettons à sautiller sur nos chaises, comme après un but de Kylian Mbappé un soir de finale de la Coupe du monde. La radio parle de nous, la France nous entend ! Jusqu'à présent, notre fugue circulait dans notre monde mais, là, notre mouvement prend une tout autre ampleur.

Une question me vient en tête : les patients de la clinique *Les coquelicots* se réveillent-ils avec France Inter ?

Assa

Nous marchons dans les rues de Toulouse, une nouvelle fois en quête d'un hôtel. Le menton haut et le regard fier, je me sens différente. Je regarde les passants dans les yeux avec l'envie irrépressible de leur dire « C'est de nous dont on parle à la Radio ! », « Oui c'est bien nous les trois filles à l'origine de ce mouvement ». Rien n'a changé et pourtant, tout sonne différemment.

J'ai un tel aplomb lorsque je m'adresse au réceptionniste qu'il oublie même de me demander ma carte d'identité.

« Bon, nous avons une chambre qui n'était pas occupée cette nuit, je peux vous laisser y accéder dès maintenant, mais normalement ce n'est pas possible avant midi... »

Souvent, j'ai entendu les éducateurs utiliser des termes qui me laissaient perplexe : « Les jeunes ont besoin d'être valorisés. » De grands mots vides de sens. Aujourd'hui, je mesure toute la différence ; se sentir reconnu, c'est comme se faire injecter une dose de confiance en soi.

Étrangement, une fois dans la chambre, l'angoisse s'empare de nous.

« Les meufs, si on parle de nous à la radio, ça veut dire...

— Que tout le monde est au courant oui.

— Éducs, profs, amis, famille et surtout police. »

Le temps nous est compté et nous devons désormais redoubler de vigilance. Est-ce que Sarah a compris ? Mon frère, ma mère, mes tantes sont-ils au courant ? Je n'ose pas allumer mon téléphone. Même Céline, véritable accro aux réseaux sociaux, hésite à désactiver le mode avion.

« Imaginez, la police nous retrouve avec des espions ou j'en sais rien moi. Je flippe un peu. Mais d'un côté, le nombre d'abonnés à notre page a dû exploser, dit Céline.

— C'est vous qui m'avez convaincue de rendre visible nos actions. C'est bien pour ça que nous faisons tout ça, non ? Maintenant qu'on touche au but, c'est pas le moment de reculer », réplique Lina.

Le nombre de notifications fait bugger le téléphone de Céline. Des dizaines d'appels manqués du foyer, des filles, des éducs. Et une fois sur Instagram, le choc. Des centaines et des centaines d'abonnés et de messages d'encouragements.

« Lina, le collectif *Nous toutes* a partagé l'une de nos photos ! Putain et le compte collages_feministes_lyon aussi !

— T'es pas sérieuse ?

— J'te jure ! »

Notre mouvement devient réel, soutenu par les plus grands ! En privé, nous avons reçu de nombreux messages dont certains proviennent de jeunes filles d'un foyer de Toulouse. Nous hésitons, de peur que ce soit un piège.

« Venez, on répond ! propose Céline.

— Imagine c'est la police.

— Assa, on n'est pas l'ennemi public numéro un non plus », tempère Lina.

Céline lit le message à haute voix.

« *Si jamais vous passez du côté de Toulouse, faites-nous signe. On est prêtes à se joindre à vous pour repeindre la ville !* »

« On leur donne rendez-vous ?

— Vas-y, demande-leur un endroit où on peut se réunir cette nuit », répond Lina.

« *Yo les filles, on est à Toulouse. Rendez-vous cette nuit, pas avant 1 heure du matin. On vous laisse choisir le lieu. Vous êtes combien* ? »

Céline

Une fois de plus, les filles se sont endormies avant moi. Je tourne dans mon lit, impossible de trouver le sommeil. Malik m'a écrit, je n'ai pas ouvert le message mais les premières lignes ne laissent rien présager de bon : *Sale pute, je sais où...* Juste en dessous, un message de Mme Tesson. Je décide de l'ouvrir, j'ai les mains moites.

Bonjour Céline, j'espère que tu vas bien. J'ai compris que tu avais fugué avec deux autres filles du foyer. Si mes informations sont bonnes, tu traverses la France en laissant un souvenir de ton passage avec un collage. J'espère que vous n'êtes pas en danger. Tu as sans doute beaucoup de colère et de peine pour écrire tout cela. Je suis fière que tu t'engages dans quelque chose et je t'attends pour que nous puissions en parler. Pour information, vous êtes déclarées en fugue au niveau national, avec vos photos. Il est temps de rentrer.

Madame Tesson.

Son message me donne des frissons. Je le relis une dizaine de fois, en m'attardant sur le mot « fière ». J'imaginais une réaction différente, pleine de déception. J'ai presque l'impression qu'elle me fait confiance. Par contre, la déclaration au niveau national, ça craint ! Au moindre contrôle, ce sera direction le commico, et retour à Argenteuil avec un paquet d'emmerdes. Malgré ça, les mots de Mme Tesson m'apaisent. Et lentement, je tombe de fatigue.

« Lina, Céline, il est 16 heures. Debout ! »

Les nuits et les jours se ressemblent. On est complètement décalées. J'annonce aux filles que nos déclarations de fugue circulent en national. Lina saisit la nuance tandis qu'Assa ne réagit pas vraiment, tant mieux. Sa naïveté est parfois touchante, comme si ses livres l'avaient protégée des commissariats et des embrouilles.

« Les meufs du foyer ont répondu, elles nous donnent rendez-vous au métro Trois-Cocus. Elles viennent avec leur matos. Elles seront trois.

— Très bien, faut vraiment pas qu'on se fasse cramer, commente Lina.

— En attendant, ça vous tente de déguster un bon cassoulet ? demande Assa.

— Ça y est, elle recommence. Hey mais toi en fait, t'es Cyril Lignac en renoi ! »

Trop stylé Toulouse ! Pas besoin de se taper le métro ou le bus, on traverse le centre-ville à pied. Les petites rues sont pleines de guirlandes, Noël approche. Je comprends pourquoi les gens du Sud détestent Paris. En plein mois de décembre, j'ai presque chaud avec mon manteau. Puis les Toulousains parlent avec un accent chantant qui fait plaisir.

C'est Assa qui gère les thunes et, cet après-midi, nous avons chacune 20 euros d'argent de poche. Je cherche un cadeau pour maman, sauf que pour acheter un cadeau, il faut connaître les goûts de la personne… Par exemple, si je devais prendre un cadeau à Tata, ce serait une bougie, elle en met dans toute la maison, mais surtout pas d'encens, ça lui donne la migraine. Pour Mme Tesson je choisirais un stylo, elle est tout le temps en train d'en chercher un au fond de son sac. Pour les éducs, je prendrais du thé, ils ont toujours une énorme boîte sur leur table de réunion. Pour ma mère, à part un cendrier, rien ne me vient en tête. Je ne sais pas si elle préfère les bonbons ou les chocolats, le vert ou le bleu, les bracelets ou les colliers… En quête d'un magazine, je tombe sur *Aujourd'hui en France*, une petite photo, en bas à droite de la une, attire mon attention. Mais oui, c'est bien l'un de nos collages !

« Putain c'est une photo que j'ai postée sur Insta ! Les filles, on est dans le journal ! »

Voilà, j'ai trouvé mon cadeau.

Lina

Est-ce que les femmes du MLF ont ressenti ce même sentiment d'accomplissement lorsqu'elles sont passées pour la première fois à la radio ? Depuis ce matin, je récite le petit reportage de France Inter dans ma tête, comme une poésie. Je peux désormais dire que j'ai réussi quelque chose. Depuis des années, je pensais que je ferais partie toute ma vie des gens de l'ombre.

Assa et Céline se disputent une fois de plus sur le choix du restaurant.

« Bon c'est bon vous êtes relous là, faites un pierre-feuille-ciseaux et on n'en parle plus.

— OK, si je gagne on va dans ce truc de tacos, si Assa gagne, dans son vieux restau de tartines du Sud-Ouest.

— Ciseaux ! J'ai gagné ! » chantonne Assa.

Nous entrons dans ce petit restaurant, des cagettes de fleurs sont accrochées aux murs et des citations sont inscrites un peu partout sur les tables. À l'intérieur, beaucoup d'étudiants sont installés avec leur ordinateur. Il y a encore quelques semaines, je ne serais jamais rentrée dans ce genre de lieu. Déjà, parce que je n'avais pas de thunes, ensuite parce que je me sentais en décalage avec les autres clients. Je les imaginais déjà me dévisager en se demandant ce que mon sweat à capuche venait faire dans leur truc de bourgeois.

D'une oreille je les entends parler actualité, écologie et cinéma. Aujourd'hui, je m'assois à la table la tête haute, et ouais les gars je suis passée sur France Inter !

Les gens n'imaginent pas combien le manque de culture est un handicap. Il y a deux ans, dans la cour du collège, une élève racontait qu'elle était allée à l'hôtel de ville de Paris. Une des filles du groupe m'avait demandé si je savais ce que c'était. Les regards braqués sur moi, il m'était impensable d'avouer mon ignorance. Alors j'avais répondu sûre de moi : « Bah ouais, c'est l'hôtel qui est élu le plus bel hôtel de la ville. » Tout le monde avait explosé de rire et l'une des élèves avait ajouté : « C'est une Segpa, la pauvre, arrêtez ! » Rien de plus méprisant que la pitié, je l'avais attrapée avec une telle rage qu'une touffe de cheveux était restée entre mes doigts.

Comme d'habitude, Céline s'extasie finalement devant son assiette.

« Assa, c'est une tuerie ces tartines ! C'est sûr, c'est parce que c'est bio. Venez en rentrant on fait une nouvelle fugue pour obliger les foyers à cuisiner bio. Bonne idée, non ?

— Il est plutôt temps de choisir nos slogans de ce soir. Il y en a un qu'on n'a pas encore affiché.

— Lequel ?

— *"T'es violente pour une fille." "T'es sexiste pour une juge."*

— Ta juge t'a vraiment dit ça ? demande Assa.

— J'ai atterri à "L'escale" parce que j'étais considérée comme trop violente pour être dans un foyer classique. Ma violence faisait tache, elle dérangeait. Les bagarres des garçons étaient toujours plus acceptées, presque banalisées. Ça me rendait folle. »

Je repense au mot « masculinité » que j'avais entendu à la radio. Je commence à comprendre ce que cela signifie. Quand on dit d'une fille qu'elle est féminine, on l'imagine belle et délicate. Lorsque je réfléchis au mot « masculin », j'imagine automatiquement la force et la puissance. Moi qui ai toujours fait le bonhomme, je me disais intérieurement que la meilleure façon de survivre dans la rue, c'était de ressembler à un mec. En route vers l'hôtel pour écrire nos slogans, je ne me suis jamais sentie aussi femme. Et c'est bon, putain.

Assa

Une seule fille nous attend aux abords de la station Trois-Cocus. Plus nous approchons, plus son visage me paraît enfantin.

« Salut, vous êtes bien Lina, Assa et Céline ?

— Oui c'est nous.

— Faut vite qu'on bouge, la BAC tourne dans le coin.

— Où sont les autres ?

— Pas réussi à passer par la fenêtre. »

Elle n'a pas plus de treize ou quatorze ans. Comment peut-elle se sentir concernée par notre mouvement à son âge ? Je suis perplexe. Elle nous amène dans un hall de bâtiment, à l'abri des regards.

« Et on peut savoir ce qui te motive, pourquoi t'es ici seule ?

— Genre on doit passer un entretien de motivation, vous faites ça à toutes les filles ou simplement à celles de moins de quinze ans ? »

Son arrogance m'irrite. Cette petite a une vraie tête de dure à cuire. Lina intervient.

« Tranquille. On veut juste s'assurer d'être sur la même longueur d'onde.

— Je suis là parce que je ne veux pas attendre d'avoir presque dix-huit ans comme vous pour me rebeller. Si j'avais voulu fuguer pour le fun, je ne me serais pas cassé le cul à rejoindre trois inconnues en pleine nuit. »

Je dois admettre que sa volonté est impressionnante. À treize ans, je n'aurais jamais fait preuve d'autant de courage. Lors de mon dernier cours de français, la prof nous avait justement demandé quelle était notre définition du courage. J'avais assimilé le courage à la force. Aujourd'hui ma réponse serait tout autre. Être courageux, c'est sortir du rang, résister à un ordre que l'on trouve injuste. Le courage, c'est assumer sa différence. C'est refuser d'être invisible.

« Comment tu t'appelles ?

— Sana. »

Nous n'avons jamais réalisé autant de collages que cette nuit. Nous avons commencé par le quartier à proximité des Trois-Cocus. On a marché, marché et encore marché. Sana est en tête de file. Elle doit avoir une sacrée histoire pour avoir un regard si hargneux. Après deux heures de collages, nous sommes épuisées mais trop tard pour rentrer à l'hôtel. Sana nous montre une planque à proximité de la gare. Son visage est vide de toute émotion. Elle s'apprête à repartir en pleine nuit, je ne sais où.

« Merci Sana pour ton aide. Avant que tu partes, je me demandais... Comment tu en es arrivée là ?

— Pas de père, pas de mère. Je suis pupille de l'État comme ils disent. J'ai cherché des modèles, des héroïnes qui pourraient me ressembler, je n'ai trouvé personne. Je suis passée par tous les foyers, et je suis devenue une incasable de l'ASE. Ceux dont on ne sait pas quoi foutre. Et quand t'es une fille, c'est bien plus difficile. J'ai décidé que je serais ma propre héroïne. J'me casse, bon courage pour la suite. »

Céline

J'en peux plus de dormir à l'arrache dans des cages d'escalier. En plus cette nuit, l'autre folle de Sana nous a fait marcher des heures. Avec le matériel et nos sacs, on était chargées comme des bœufs. J'ai le cou en vrac, les orteils glacés. On arrive à la gare à 6 heures.

« Les meufs, vous avez zappé !

— Quoi ?

— Bah notre slogan pour le keuf ! Mais comme Céline l'influenceuse pense à tout…

— Mais t'es une ouf, y a des gens qui passent à cette heure-là, dit Lina.

— T'inquiète je fais vite, Lina tu guettes et Assa tu m'aides. »

Je pourrais passer un BEP collage d'affiches tellement je suis rapide, en deux temps trois mouvements, c'est fait.

Il fait encore nuit et ce n'est pas très prudent pour des jeunes filles de se balader seules.

« Tadam ! »

Lina – 12 décembre

« Bienvenue à la gare de Bordeaux Saint-Jean », annonce le contrôleur. Je me revois à la bibliothèque, en train d'étudier la carte de France. Lorsque j'avais dit à Assa et Céline que la destination finale de notre fugue était Bordeaux, je m'étais préparée à ce qu'elles me posent des questions auxquelles j'aurais répondu par un tas de mensonges. Aucune d'elles n'avait soulevé ce point. Lorsque j'avais imaginé les surprises que nous pourrions rencontrer lors de cette fugue, je visualisais des courses-poursuites avec la police, des altercations avec des passants, des galères dans les gares. Mais je n'avais pas songé à une amitié naissante.

« Avant que nous ne cherchions un hôtel, je voulais vous expliquer pourquoi j'ai choisi cette destination. On fait toutes un peu les meufs mystérieuses sur les raisons de notre placement, un sentiment chelou de honte et de culpabilité. Mais je vous dois bien quelques explications, maintenant.

— Putain on se croirait dans le confessionnal de Secret Story, saison 13 !

— T'es relou, Céline, laisse-la terminer.

— Donc… mon secret justement, c'est que nous sommes à Bordeaux, car mon p… géniteur est incarcéré à Gradignan, juste à côté. Il est en prison pour nous avoir cognées des années ma mère et moi. Plus elle que moi. Ce bâtard avait déjà un casier long comme le bras pour "faits de violence". Il y a quatre ans, nous avons déménagé de la région parisienne pour venir dans le coin, sans lui. Je pensais que c'était la fin du calvaire, mais un matin, il était de retour. Ces quelques mois à Bordeaux ont presque disparu de ma mémoire. Les coups s'intensifiaient un peu plus chaque jour. J'ai décidé de tout balancer. Sur un coup de tête, au lieu de prendre le chemin de l'école, j'ai pris celui du commissariat. Je me souviens encore de la phrase que j'ai prononcée à l'accueil. "Bonjour, je viens parce que mon père me frappe, et qu'il frappe ma mère. J'ai mal aux côtes, et j'ai mal au cœur." Le reste est assez flou, ma mère a d'abord nié avant de revenir sur ses propos. Il a été arrêté. Maman m'en a voulu, elle pleurait tous les soirs. Nous sommes revenues dans le neuf cinq. Je devenais violente avec ma mère. Je ne supportais pas son désespoir, sa faiblesse. C'était devenu ingérable. L'école s'est douté qu'un truc chelou se passait à la maison, j'ai d'abord été suivie par des éducateurs à domicile et, très rapidement, le magistrat a demandé mon placement.

« Bien plus tard, nous sommes revenues à Bordeaux pour l'audience de mon géniteur. J'étais présente dans la salle. Quand il s'est adressé au juge pour parler de moi, il a dit : "Lina est une enfant perturbée depuis toujours. Je devais l'endurcir, qu'elle arrête d'être invisible comme sa mère." Cette phrase est restée gravée dans ma mémoire. Il a encore un an ou deux de taule. Venir jusqu'ici, placarder les murs à quelques kilomètres de lui, c'est ma réponse.

— C'est puissant Lina ce que tu nous balances là. Je ne sais même pas quoi te dire, répond Céline.

— Lina, tu me donnes une idée ! Une idée pour notre action coup de poing ! »

C'est sur le banc, devant la gare Saint-Jean, que notre plan final prend forme. Assa lance l'idée générale, et chacune apporte une petite touche personnelle. Demain, à 14 heures, nous frapperons les esprits. Céline écrit un dernier post sur Instagram avec une photo de la nuit dernière : *Soyez prêtes les filles : opération coup de poing imminente.*

Le téléphone de Céline n'arrête pas de sonner : un message de Sonia disant qu'elle avait entendu que nos téléphones allaient être pistés ; sur Insta, d'autres articles ont été publiés. Ça doit être un vrai bordel dans les foyers.

Nous prenons la route en direction de l'hôtel, la boule au ventre. Après la gloire, la peur d'être chopées prend le dessus. Nous passons devant une borne photos. Céline s'arrête.

« Je vais imprimer toutes nos photos.

— Pourquoi ?

— Parce que je vais les donner.

— À qui ?

— À ma mère.

— Ça peut attendre non ?

— Non, elle est à Bordeaux.

— Quoi ?!

— À mon tour de livrer ma motivation secrète. Au départ, je n'en avais rien à foutre de cette fugue. Et puis, juste avant notre départ, mon éduc ASE m'a balancé que ma mère était hospitalisée dans une clinique à Bordeaux. J'ai pensé que c'était un signe, et que c'était l'occasion de lui rendre visite. J'ai des choses à lui dire. Finalement, j'ai plutôt des choses à lui montrer. Je vais aller lui déposer ces photos avec un petit mot. Vous savez tout.

— Bon à ton tour, Assa, qui est-ce qui vit ici, ta tante, ton oncle ? » demande Lina en rigolant.

Céline nous tend à chacune un exemplaire des photos avant de balancer sa carte SIM dans un égout.

« Mais qu'est-ce que tu fous ?! s'écrit Assa.

— Les filles, les keufs vont remonter jusqu'à nous, c'est sûr. Le plus important, c'est demain. Je m'en tape de tout le reste. Je veux plus penser à Malik, les éducs, Argenteuil. »

Assa

Après trois refus, le dernier hôtel de la liste accepte de nous donner une chambre. Pas d'éclats de joie, nous ne sommes pas sereines. À l'unanimité, nous décidons de ne pas coller cette nuit et de garder nos forces pour demain. Je ne fais pas la guide touristique, encore moins la guide gastronomique.

« Je crois que j'ai besoin d'être seule, dit Lina.

— J'ai des choses à faire aussi », répond Céline.

Nous nous donnons rendez-vous à l'hôtel ce soir à 18 heures.

« Prenez aucun risque les meufs, et attention aux keufs. »

Je marche seule dans les rues de Bordeaux. Je retrace la chronologie des épisodes de cette fugue. Ce n'est pas tant l'action de demain qui m'effraie, ni même mon retour à Argenteuil. J'appréhende l'Assa que je serai après. Je ne pourrai plus agir de la même façon et dissocier ma vie au foyer de ma vie de lycéenne. Certains de mes choix se sont confortés : le journalisme, mon engagement, ma volonté de donner une voix à ceux qui n'en ont pas. Je me suis également pris de plein fouet mes contradictions. Je dois assumer ma propre histoire avant de pouvoir raconter celle des autres. Comment questionner les gens sur leur parcours si moi-même j'en suis incapable ?

Aujourd'hui, je suis en haut de l'affiche. Parcourir la France, flirter chaque nuit avec le danger m'a procuré un sentiment d'accomplissement inouï. Je me suis affirmée. Je ne découvre plus le monde à travers les pages de mes livres et la voix des podcasts, je suis pour la première fois actrice de ma propre existence.

Que pense ma mère de tout ça ? La honte a-t-elle enfin changé de camp ?

Lina et Céline n'ont cessé de questionner ma place, mon engagement et mon ambiguïté. Si finalement nous sommes toutes les trois à Bordeaux ce jeudi 12 décembre, c'est parce que nous étions terriblement seules. Chacune a cherché à attirer l'attention des absents de sa vie. Et nos trois histoires personnelles sont devenues une histoire commune. Sororité.

Céline

Je descends à l'arrêt de bus *Clinique Les coquelicots*. Face à moi, un bâtiment blanc entouré d'un grand jardin. À l'entrée, un sapin dégarni peine à nous rappeler que Noël approche. J'ai préparé une petite enveloppe, dans laquelle j'ai plié l'article du *Parisien* et les photos de nos collages. J'ai ajouté un petit mot où j'ai écrit *Ta fille est là.* Je ne sais pas vraiment quelles raisons me poussent à partager cela avec elle. Je crois que sa vie me fait de la peine. J'ai peur qu'il existe un gène *cassos,* si c'est le cas, je suis vraiment dans la merde. Maman est paumée, à la ramasse. La vie l'a abîmée. Le cercle vicieux de la drogue et des mauvaises rencontres. Je n'ai pas envie d'en savoir davantage sur son état de santé, les mots « maladie mentale » m'effraient. Cette petite enveloppe, c'est une façon de lui rappeler qu'elle a une fille, une fille qui fait des trucs bien. Je la donne à la dame de l'accueil, l'estomac noué, avant de repartir direct.

Sur le chemin du retour, je pense à l'action de demain. Je n'aurais jamais imaginé une seconde être capable de faire ça. Demain soir, nous dormirons sans doute à Argenteuil, ou en garde à vue. Que vais-je faire de mes journées ? Malik me poursuivra-t-il ? Quel sera le moteur de ma vie après cette fugue ?

Lina

Joséphine fredonnait tout le temps une chanson dans le Trafic du foyer. Impossible de me l'enlever de la tête ce matin, pourtant, c'est pas mon délire ces sons de vieux !

« Résiste,
Prouve que tu existes
Cherche ton bonheur partout, va
Refuse ce monde égoïste
Résiste,
Suis ton cœur qui insiste
Ce monde n'est pas le tien, viens
Bats-toi, signe et persiste
Résiste* »

Je marche droit devant moi, emportée dans mes pensées. Mon reflet dans une vitre m'interpelle. Mes cheveux sont détachés, mes épaules redressées. J'imagine comme ça en jetterait avec une robe noire d'avocate et mes baskets. Au travers de cette fugue, j'ai compris que la lutte contre l'injustice, c'était ce qui m'animait. J'entrevois un avenir que je n'osais même pas imaginer. Je sais que la violence est encore là, mais on apprend à cohabiter.

J'ai commencé cette fugue en pensant me servir d'Assa et Céline. Finalement, je n'aurais jamais réussi sans elles. L'amitié est un sentiment doux et réconfortant. Mes mots se libèrent, et je suis convaincue que ce n'est que le début.

À 18 heures pile, nous nous retrouvons à l'hôtel. Assa a acheté du matériel, je sors les marqueurs. Le même silence qu'aux débuts habite la chambre. À travers ces derniers coups de crayons, nous laissons une partie de nous-mêmes.

---

* France Gall, « Résiste », extrait de l'album *Tout pour la musique*, 1981.

Assa

Nous sortons prendre un repas en bas de l'hôtel. La nostalgie plane. Nous dînons en silence, conscientes que la fin est proche.

« Les filles, il faut qu'on pense à écrire nos revendications.

— Et si ça ne marche pas ? Si on prenait tous ces risques pour se manger un gros flop ? On n'a qu'à continuer à voyager, non ?

— Céline, sois réaliste. Il nous reste 50 euros. La police nous cherche. C'est fini.

— Cimer, pas mieux qu'Assa pour plomber l'ambiance.

— Les meufs, j'ai une idée de revendication, une putain de bonne idée ! s'exclame Lina.

— Balance !

— On pourrait écrire notre manifeste, le manifeste des jeunes filles placées en colère. Ce serait une petite dédicace au manifeste des 343, presque cinquante ans plus tard.

— Bonne idée ! Nous pourrions l'écrire sous forme d'une lettre, une lettre adressée à la France. »

Après presque deux heures d'écriture et de débat, nous venons de signer notre premier manifeste. Je suis assez fière de ce que nous avons réussi à pondre. On dirait presque une plume de journaliste.

« Tu peux nous le lire à voix haute, Assa ? »

Le 12 décembre 2019, à Bordeaux

France,

Si tu ne sais pas écouter ta jeunesse, que deviendront les citoyens de demain ? Le féminisme frappe à ta porte, il brandit ses pancartes dans tes rues. Pourquoi la protection de l'enfance y est-elle sourde ? Nous, jeunes filles placées, sommes les victimes de la violence des hommes. Les luttes sont communes, entends la voix des enfants placés. Depuis plusieurs semaines, le mécontentement gronde face à la réforme des retraites. Mais écoute aussi tes jeunes ! Que fais-tu des enfants de l'ASE, qui viendront grossir le nombre de personnes sans domicile une fois la majorité passée ?

Puisque l'État a notre éducation à sa charge, ne doit-il pas transmettre des notions d'égalité ? Comment peux-tu te satisfaire d'une société qui inculque aux filles la peur d'être violées une fois la nuit tombée ? À quand une réflexion sur la prostitution des mineurs ? France, laisse-nous imaginer un quotidien où le corps des femmes n'est pas celui des autres.

Nous sommes Lina, Assa, Céline, victimes de ton silence. Notre histoire n'est pas anecdotique. Doit-on continuer de placarder tes murs pour qu'enfin tu nous regardes ?

À quoi bon nous réunir dans un foyer pour filles si tu ne sais pas éduquer tes garçons ? Il n'y a ni méchants ni gentils. Nous sommes tous responsables.

France, laisse-nous une place.

Lina, Assa, Céline et toutes les autres

Sixième partie

Lina – 13 décembre

Un soleil resplendissant se faufile à travers les rideaux de la chambre. C'est l'un de ces matins d'hiver où le ciel est d'un bleu éclatant et le froid glacial. Du balcon, j'observe la ville s'éveiller. C'est un vendredi matin comme un autre, les parents déposent leurs enfants à l'école avant de se rendre au boulot. Suis-je la seule à sentir le parfum d'aventure dans les rues de Bordeaux ? Je mets Gaël Faye pour réveiller les filles :

> « Se laisser émouvoir tôt le matin quand pousse l'aube
> Aux premières heures du jour tout est possible
> Si l'on veut reprendre dès le début, redéfinir la règle du jeu
> Briser les chaînes, fissurer la dalle
> Inventer la lune, que tous la voient
> Devenir vent de nuit, pousser la voile
> Et s'enfuir vers des rives là-bas.* »

---

* Gaël Faye, « Tôt le matin », extrait de l'album *Rythmes et botanique*, 2017.

Tôt le matin, tout est possible. Ce vendredi 13 décembre, nous ne choisissons pas la nuit pour nous afficher. Nous passons sur l'autre rive, côté soleil.

« Assa, Céline ! Il est 9 heures, debout !

— Ta gueule, je dors, grogne Céline.

— Tant pis, moi qui voulais proposer un bon gros petit déjeuner…

— Vas-y, dans cinq minutes je suis prête ! »

La bouche pleine, nous répétons notre action. Dans quelques heures, il nous faudra du cran. Plus le temps passe, plus je sens une boule de stress s'installer au fond de mon ventre. Je pense à Gisèle Halimi pour me donner confiance.

Céline

Dire qu'au départ, Lina m'avait vendu cette fugue comme des vacances ! Tu parles ! Nous étions encore en train de faire les poubelles de l'hôtel, hier soir, en quête d'un carton. Il nous reste à coller nos dernières feuilles, et nous serons prêtes. Je n'ai peut-être jamais connu l'excitation du vendredi avant les vacances, mais ce matin, je découvre l'adrénaline d'une action coup de poing.

« Tema c'est un signe, y a un journal sur la table ouvert à la page de l'horoscope. *Gémeaux : Côté humeur, journée porteuse d'espérance. Le temps des querelles inutiles et de la démotivation est bel et bien terminé.* T'es quoi Lina ?

— Balance.

— *Côté humeur, journée assez perturbée, ne laissez rien au hasard si vous ne voulez pas être pris de court. Conseil du jour : mâchez un chewing-gum après le repas si vous n'avez pas la possibilité de vous laver les dents !*

— Comment ils t'ont clashée Lina ! Et toi Assa ?

— Scorpion.

— *Vous êtes sur le point de débloquer une situation qui vous semblait inextricable il y a peu. C'est peut-être le moment de prendre un nouveau départ. Pensez-y avec sérénité sans vous encombrer de craintes injustifiées.*

— Ça se trouve, ta daronne va t'appeler ! dit Lina en rigolant.

— En tout cas les meufs, les astres sont avec nous ! Vendredi 13 décembre, jour de chance ! »

Assa

Nous n'avons plus un euro en poche, plus de carte SIM, plus d'attaches. C'est peut-être ça, la véritable liberté ? Nous montons dans le bus, la tension est à son comble.

« Putain Assa, fais gaffe au carton là, tu l'abîmes. Tu fais chier Céline, ferme ton manteau putain, on voit tout.

— Oh Lina, calme-toi, ça va aller ! »

Il est 13 h 30, nous arrivons à proximité du point de rendez-vous. Lina s'arrête brusquement.

« Et si nous ne sommes que trois ? Si notre fugue se conclut par un échec ?

— Lina, on ne peut plus reculer. Et même si nous ne sommes que trois, nous irons jusqu'au bout.

Nous sommes parties d'Argenteuil, anonymes et invisibles, nous reviendrons ce soir avec un paquet d'articles de journaux et des souvenirs pleins la tête. Quoi qu'il arrive, nous avons réussi. »

La sensibilité de Lina me touche. Depuis le début de cette fugue, je la vois combattre ses vieux démons, rejeter l'injustice. C'est incroyable combien le mécanisme d'échec est ancré en nous. Comme si « avenir » rimait forcément avec « défaite ».

Le tribunal de Bordeaux est face à nous. Je pense au 26 août 1970, lorsque ces neuf femmes avaient face à elles l'Arc de triomphe. Le destin a décidé de nous faire un clin d'œil, car ce vendredi 13 décembre, nous sommes également neuf adolescentes. Nous trois et six filles des foyers du coin. Il y a cinquante ans, leur gerbe de fleurs allait marquer la naissance symbolique du MLF. Notre action à nous s'apprête à conclure notre fugue, mais certainement pas la fin de notre mouvement.

Nous déposons nos manteaux et nos sacs à l'abri des regards. Nous ne sentons même pas le vent glacial de décembre tant l'adrénaline brûle nos corps. Côte à côte, cartons en l'air, nous marchons vers le tribunal.

Lina

Pas de collage, pas de pinceau ni d'écharpe pour cacher nos visages. Nous avançons à nu. Notre collage, c'est notre corps. Les premiers regards interloqués se posent sur nous. En cercle, dos à dos, nous plaçons les cartons à nos pieds. Une main sur la bouche, l'autre vers le ciel, nous restons statiques.

C'est sur nos tee-shirts blancs que figurent nos histoires. Sur nos fronts, nous avons collé une étiquette, celle que nous dissimulons depuis des années : *Jeunes de foyer.* Nous sommes nos propres slogans. Au marqueur noir, chacune a écrit sur son tee-shirt ce qu'elle souhaitait dévoiler.

LINA : VICTIME DES COUPS DE MON PÈRE
ET DU SILENCE DE MA MÈRE.
ASSA : VIOLÉE PAR MON BEAU-PÈRE, IGNORÉE
PAR MA MÈRE.
CÉLINE : ENFANT DE L'ASE DEVENUE PROSTITUÉE
LA NUIT TOMBÉE.

Au dos de nos tee-shirts est inscrit : *Je brise le silence. #jeunesfillesplacéesencolère*

Je pensais fermer les yeux, mais non, j'ai le regard fixe et le menton haut. Maintenant que nous portons nos histoires, nous ne sommes plus seulement des mots, nous avons un visage et une identité. Quelques photos sont prises de loin. Les rôles s'inversent, ce n'est plus nous qui sommes mal à l'aise et honteuses d'être étiquetées jeunes de foyer. Ce sont *les autres* qui fuient notre regard.

Volontairement, il n'y a ni chanson, ni slogan crié, juste le silence. Ce silence qui nous accompagne depuis tant d'années. Les secondes me semblent des heures.

Céline

Je ne me suis jamais sentie aussi nue qu'à cet instant précis. Et pourtant ! Un groupe de filles retardataires nous rejoint. Nous sommes désormais quinze filles en cercle devant le tribunal. Je lis certains de leurs tee-shirts.

CHIRINE : PLACEMENT EN FOYER = FRATRIE NIQUÉE

AUXANE : JE SUIS SOLO : PAPA EN PRISON,
MAMAN DANS LE CIEL.

ASMA : 3 FAMILLES D'ACCUEIL. 4 FOYERS. 5 ÉDUCS.
C'EST ÇA L'ENFANCE ?

Ces dizaines d'histoires individuelles, aussi douloureuses soient-elles, deviennent une même histoire collective. Les mots lus par Assa me reviennent en tête : « Quand les femmes comprendront-elles que leur union leur donnerait une force fabuleuse ? »

Jusqu'à présent, j'ai porté mon histoire comme un fardeau. Au milieu de ces poings levés, je me sens puissante. Notre appel a résonné, les portables s'agitent en face de nous. Nous sommes déjà sur la toile.

Assa

La main gauche posée sur ma bouche, une larme coule le long de ma joue. Ce n'est pas une larme de tristesse, ni de douleur. Elle ressemble plutôt à la larme de la sororité. Une sensation physique, presque un état second, s'empare de mon corps. J'ai les mains moites, le cœur qui bat et la gorge sèche. Je pense à ma mère et à mes nuits de calvaire, à ces années de silence et de culpabilité. Le poing levé, j'imagine le visage de Boubacar face à moi, mais cette fois-ci, c'est lui qui baisse les yeux. La police nous demande de partir. Mais qu'ont-ils à nous reprocher ? Nous effacer de l'espace public, c'est ce qu'ils savent faire de mieux ! Un fourgon arrive, exactement comme il y a cinquante ans. Un petit public reste à distance et filme la scène.

« Maintenant ! » crie Lina.

« JEUNESSE OUBLIÉE, JEUNESSE OUBLIÉE ! »

Nous levons les cartons face à nous, sur lequel nous avons repris nos slogans. Je porte un message différent. Sur le mien est écrit notre manifeste.

Lina

L'agitation et la sirène de la police interpellent les personnels du tribunal. Face à moi, une jeune avocate en robe noire lit attentivement nos cartons. Un jour, ce sera moi.

« Contrôle d'identité, vos papiers, demande un flic.

— Casse-toi ! » rétorque l'une des filles.

Il n'en fallait pas plus pour provoquer l'agitation. Je reste immobile. Un policier me demande mon identité.

« Ton nom ?

— Jeune fille en colère.
— C'est pas bientôt fini ce cinéma !
— Pas de cinéma, monsieur, juste notre réalité. »
Pour éviter que le mouvement ne dégénère et que seule cette image marque les esprits, je demande aux filles de ne pas protester. Ils décident de toutes nous embarquer : trouble à l'ordre public.

Assa

Nous montons dans le fourgon, sourire aux lèvres. Un des policiers parle à un collègue dans sa radio. « Allô la centrale, on remonte vers le commissariat avec quinze adolescentes qui ont foutu le bordel devant le tribunal. »

Nous sommes vendredi 13 décembre, 14 heures, l'heure à laquelle je devais faire mon exposé sur le MLF. Hasard de la vie ou magie du destin ? Qu'importe, je n'éprouve pas mon dilemme habituel, ma difficulté à vivre l'instant, convaincue que je rate quelque chose ailleurs. Je suis au bon endroit, au bon moment. L'une des archives à propos du dépôt de la gerbe à la femme du soldat inconnu me vient en tête.

« On avait prévu qu'on serait arrêtées. Une fois que nous étions dans le fourgon, on s'est mises aux fenêtres, on s'est mises à crier pin-pon et à chanter, on voulait attirer l'attention sur nous. On faisait un tel vacarme, les flics étaient totalement excédés ! On avait beau être dans ce fourgon de police, on était remontées, et on avait vraiment le sentiment qu'on était les plus fortes. C'est un souvenir extraordinaire.

« Nous on faisait ça dans la bonne humeur, parce que c'était la libération, on se libérait. Se libérer ce n'était pas obliger les autres à se joindre à nous. C'était se libérer ensemble. »

Demain, peut-être que la voisine viendra voir maman en lui demandant : « Mariam, c'est pas ta fille sur la photo ? » Mais je n'ai pas besoin d'elle pour me sentir fière. Au milieu des filles, dans le fourgon de la police, je me libère.

Céline

Je pense à mon corps si souvent violenté. Il aura fallu que je parcoure la France pour comprendre le sens du mot « victime », et que je découvre l'existence d'autres violences. Des violences invisibles, plus sourdes, plus tolérées, des violences quotidiennes dont je ne me rendais même pas compte. Des violences dont j'ai été la complice, alors qu'elles s'exerçaient sur moi.

Je pense à Sana, Julia et Amel, avec la certitude que nous vivons la même expérience. Je les imagine la poitrine bombée, aux portes des tribunaux de Marseille et de Toulouse.

J'ai quitté Argenteuil l'âme écorchée et solitaire, je reviens vers mon neuf cinq avec une armée de sœurs.

Lina

« Lina, Assa, vous pensez qu'en garde à vue on peut commander une pizza comme au foyer ? On est vendredi soir quand même ! » dit Céline en rigolant.

Des éclats de voix aux allures de victoire résonnent dans le fourgon de police. En route vers le commissariat, la peur a déserté nos corps. J'ai entrepris cette fugue animée par le besoin d'être entendue. Je m'imaginais crier, vociférer, hurler ma colère mais le silence aussi, parfois, donne de la voix. J'attendais que la France tout entière me donne enfin une place. Assise dans ce fourgon, une évidence m'apparaît : *libre et digne, je me délivre. Appelle-moi fille du vent.*

Remerciements

« Je ne serais pas arrivée là si… »

Quant à moi, si Assa m'avait posé cette question dans le hall d'un immeuble, j'aurais répondu :

« Je ne serais pas arrivée là si… je n'avais pas eu ces parents bienveillants, pour qui l'éducation se pense comme une quête de soi, tournée vers les autres. Si je n'avais pas placé l'amitié comme le nord de ma boussole de vie. Si je n'avais pas fréquenté cette école d'éducateur.rice spécialisé.e qui m'a littéralement déconstruite. Et, surtout, si je n'avais pas rencontré ces adolescents aux mille visages, la plus belle de mes inspirations. »

Merci à tous ces jeunes de l'Aide Sociale à l'Enfance dont l'humour, l'insolence et la force ne cessent de m'impressionner.

Et merci au Burundi, à ses collines verdoyantes et au bleu azur de son lac Tanganyika, d'avoir été le berceau de mon premier roman.

Ce roman vous a plu ? Dites-le-nous !

Rejoignez la communauté Charleston
et échangez sur vos lectures

Retrouvez-nous sur

editionscharleston.fr

et sur

PRIX DE L'HÉROÏNE ENGAGÉE

Ce roman a remporté le Prix de l'héroïne engagée

Que ce soit Margaret Atwood avec *La Servante écarlate*, Chimamanda Ngozie Adichie avec *Americanah* ou Virginia Woolf avec *Une chambre à soi*, des femmes ont toujours écrit des romans qui questionnent la place de la femme dans une société, réelle ou fictive.

Le Prix de l'héroïne engagée couronne une œuvre littéraire et romanesque, qui nous force à nous interroger sur ce que nous pouvons faire individuellement et collectivement, sur les notions de féminisme et de sororité.

Si vous souhaitez participer à l'appel à manuscrits pour le prochain Prix de l'héroïne engagée, rendez-vous sur la page www.editionscharleston.fr/prix-de-l-heroine-engagee/

Découvrez aussi le second coup de cœur du jury du Prix de l'héroïne engagée

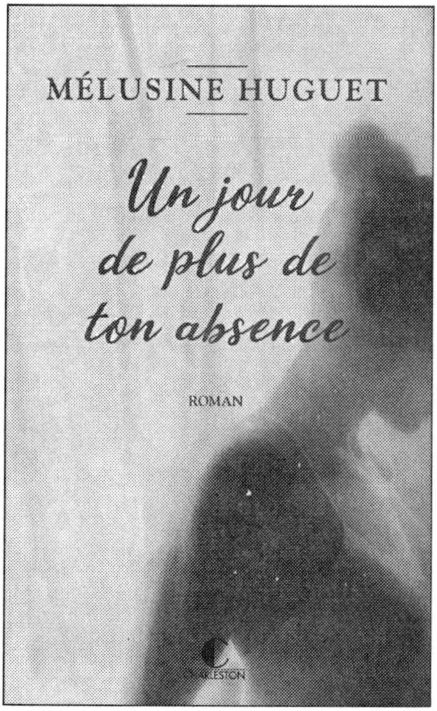

« Félicitations, madame Loiseau. Vous allez être maman ! »

Fonder une famille avec Antoine, c'est le rêve de Jade depuis le tout premier jour de leur amour. Elle devrait nager en plein conte de fées : Antoine est fou de joie, ils ont la trentaine, des situations professionnelles stables, un appartement avec une chambre supplémentaire et des familles aimantes, toutes prêtes à accueillir cette nouvelle vie.

Une seule ombre plane sur ce tableau idyllique : celle du mensonge qui dévore progressivement Jade…

Un roman qui aborde avec finesse et force certaines des questions les plus sombres de notre société à travers le parcours d'une héroïne bouleversante, modèle de résilience et d'espoir.

LES INDOMPTÉES

CHARLESTON

La nouvelle collection des éditions Charleston qui offre une voix aux femmes indomptées qui nous inspirent

février 2021

mars 2021

juin 2021

Cet ouvrage est composé de matériaux issus de forêts gérées durablement certifiées PEFC™.
Le Programme de reconnaissance des certifications forestières (PEFC™) est le plus grand organisme mondial indépendant de contrôle pour une gestion durable des forêts. Pour en savoir plus, consultez le site *www.pefc-france.org*

PEFC™
10-31-3068

Certifié PEFC
Ce produit est issu de forêts gérées durablement et de sources contrôlées.
pefc-france.org

Achevé d'imprimer en février 2021
par CPI Bussière
À Saint-Amand-Montrond (18)
Dépôt légal : mars 2021
N° d'impression : 2055432
Imprimé en France